KB007500

고귀한 일상

고귀한 일상

초판 1쇄 발행 2021년 4월 30일

지은이 김혜련
펴낸이 김형근
펴낸곳 서울셀렉션㈜
편　집 지태진
디자인 이찬미

등　록 2003년 1월 28일(제1-3169호)
주　소 서울시 종로구 삼청로 6 출판문화회관 지하 1층 (우03062)
편집부 전화 02-734-9567 팩스 02-734-9562
영업부 전화 02-734-9565 팩스 02-734-9563
홈페이지 www.seoulselection.com
이메일 hankinseoul@gmail.com

ISBN 979-11-89809-45-4 03810

고귀한 일상

김혜련

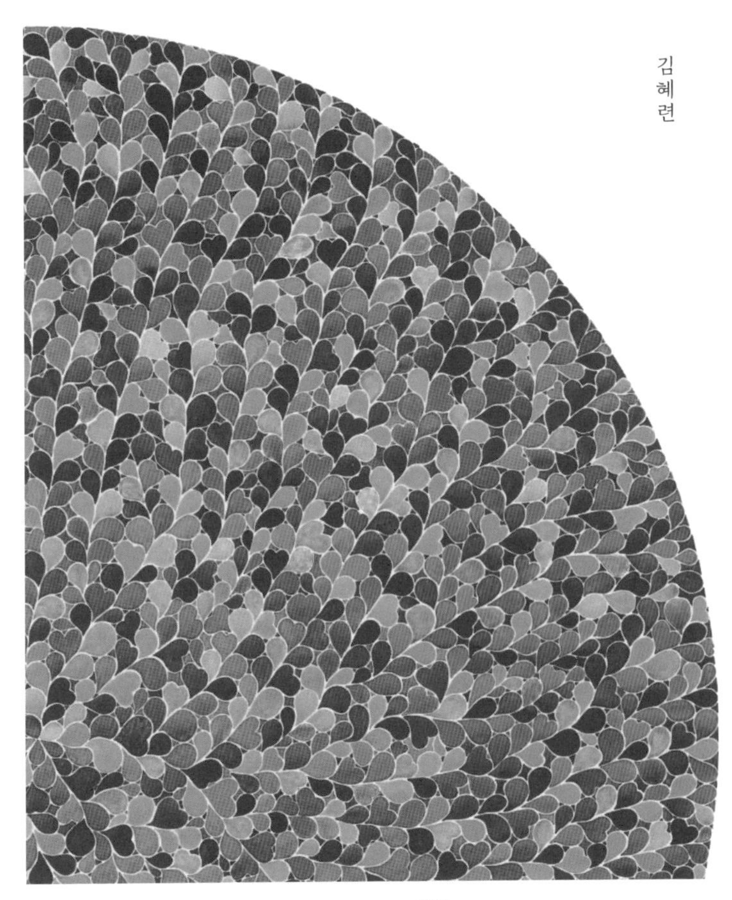

서울셀렉션

프롤로그

지난 십여 년 동안 땅 가까이에서 살았다. 매일 걷는 들판을 일 년, 이 년…… 십 년을 걸었다. 벼들이 자라는 한 생애가 들어오고, 바람이 지나가는 길을 알게 되었다. 뜰을 가꾸고 작물을 키우면서 꽃들이 피고 지는 걸 지켜보았다. 늦가을까지 생명을 잉태하는 가지의 속살을 들여다보고, 여린 몸으로 겨울을 나는 마늘의 생명력에 놀라워했다. 봄에 새들이 일 년 중 가장 아름답게 노래한다는 사실을 알게 되었고, 저녁이면 대숲에 들어와 잠을 자고 새벽이면 다시 날아오르는 수백 마리 참새 떼의 생리도 알게 되었다.

아래에서 볼 때 더 잘 보이고 들리는 것들이 있다. 나는 오랫동안 위에서 보는 삶을 살려고 했다. 뭔가 그럴듯하고 위대한 것을 꿈꿨다. 더 높이, 더 멀리 삶을 따라잡으려 했다. 언젠가부터 그 삶을 돌이켜 느리고, 낮고, 단순하게 삶이 주는 것을 받아 살았다. 내 의지를 내세우기보다 삶이 흐르는 방향을 바라보고자 했다. 마음보다 정직한 몸을 믿었다. 일상에서 비근한 것, 근원적인 것, 작고 사소한 것들 가까이서 그리 살았다. 꽃이나 나무, 바람처럼 '스스로 그러한[自然]' 것들이 하는 말을 듣고자 했고, 나 또한 '스스로 그러한' 생명이라는 것을 깨달아 갔다. 삶의 신성성에 눈뜨는 시간이었다.

일상이 사무칠 때가 있다. 밥 먹고, 차 마시고, 함께 웃는, 그 아무렇지도 않은 일들이 사무치게 다가올 때가 있다. 일상의 소중함은 그것을 잃었을 때 비로소 알게 되는 건지 모르겠다. 요즘 우리는 일상을 잃은 시간을 살고 있다. 이 시간이 언제까지 갈지, 회복이나 될 수 있을지 도무지 앞이 보이지 않는다. 기후 위기의 적신호인 양 이례적인 긴 장마와 태풍에 노인들은 갇히고, 아이들은 친구들과 뛰어놀지 못한다. 긴 역병에 일터를 잃는 사람들이 늘어나고, 돌보는 일을 주로 해 온 여성들의 삶은 더욱 무겁고 아프다. 나무들은 병들고 벼들은 쓰러져 눕고, 작물들이 녹아내린 밭에는 잡초만 무성하다. 무엇을 어떻게 해야 하나?

허리 숙여 황폐해진 밭을 일구고 무 씨앗을 뿌리고, 배추 모종을 심는다. 이웃에게 안부를 묻는다. '저 멀리에 있는' 관념적 이상에게가 아니라 '지금 여기' 일상 앞에 무릎 꿇고 두 손을 모은다. '맹물 맛' 같은 평범한 세계에서 신성성과 위대함을 구한다. 고귀한 일상을 살고 싶다. 삶의 근원이 되어 주는 것에 정성을 기울이고, '사소한 고귀함'으로 회생回生하자고 모은 손을 내밀고 싶다.

이 책은 《밥하는 시간》과 이어져 있다. 온갖 관념의 세계를 헤맨 끝에 만난 게 '아무것도 아닌' 세계라는 역설, 그 역설이 나뿐만 아니라 이 시대의 많은 사람이 함께 겪는 모습일지도 모른다는 직관으로 쓴 글이 《밥하는 시간》이다. 관념에서 구체적 일상으로 내려오는 과정, 그 과정에서 겪은 지루함과 고됨, 자신과의 싸움, 그러면서 조금씩 쌓여 간 삶의 어떤 굳건함, 단순한 기쁨, 아름다움, 고요한 시간…… 그 일상의 즐거움이나 깨달음을 나누고자 했다. 《밥하는 시간》이 시간과 장소에 세밀하게 집중한 글이라면 이 글은 좀 더 자유로운 형식과 내용을 취했다. 시 산문이라는 형식을 빌린 짤막한 글들을 모은 것이다. 십여 년 동안 틈틈이 일상과 자연에서 느끼고 깨달은 것들의 기록이다. 절실하게 살아낸 끝에, 산사나무 열매처럼 붉고 단단한 언어를 얻고자 했으나 내 언어는 오염되고, 삶의 핵심을 빗나가기만 했다. 그 어긋남에 절망할 즈음 책이 만들어졌다.

《밥하는 시간》을 통해 만난 많은 여성들, 시대를 고민하는 에코 페미니스트들, 삶을 전환하기 위해 애쓰는 사람들, 허약한 인간인 내게 생명의 강인함과 명랑함을 가르치는 고양이와 물까치, 산수유와 목련, 눈 속에서 맨주먹 같은 꽃을 내미는 머위…… 모두에게 안부를 전한다.

목차

4장 멈춰 서 깨닫는 것들

5장 생명의 몸짓으로 날다

1장 가만히 누워 나를 본다

때로 외로움은 고독으로 가는 길이 되기도 한다.

누워야 보이고 들리는 것들

허리가 아프니 주로 누워 있다.

누워서 보는 세상은 허리 꼿꼿이 펴고 고개 바짝 들어 바라보는 세상과는 다르다.

서서 볼 때 보이지 않는 것들,

땅 가까이 있는 것들이 보인다.

많은 것을 우러러보게 된다.

한 생 마친 강아지풀이 바람에 날리는 모습을 우러러보게 되고,

강아지가 눈 똥 위에 작은 새가 떨구고 간 흰 깃털도,

그 깃털이 바람에 바르르 떨리는 모습도 우러러보게 된다.

누워야 들리는 것들이 있다.

뒤뜰에 핀 봉선화가 바람에 살랑대는 소리,

'하늘이'* 밥 먹을 때 목에 걸린 이름표가 밥그릇에 부딪혀 찰랑거리는 소리,

전깃줄에 앉아 지저귀는 이른 아침 새들의 소리,

앞집 기와 올리는 둔탁한 소리.

누워서 보면 서서 바쁘게 움직일 때 보이지 않던 다른 세상이 보인다.

느리고 사소한 세상이 보인다.

말라비틀어진 콩깍지 속에서 말라 가는 콩이 막 터져 나오려는 모습,

미처 수확하지 못한 고추가 서서히 마르며 썩어 가는 모습,

고치를 짓지 못한 벌레가 어디론가 느리게 기어가는 모습.

* 열두 살 된 개 이름.

누워 있으면 무엇보다 넓은 하늘이 보인다.

내 위에 저리도 맑고 투명한 한 세상이 있다는 것을 보고 또 보게 된다.

고독과 외로움

자연 속에 있을 때, 내가 자연의 일부로 함께 있다는 것이 명징하게 느껴질 때, 고독하다.

자연이면서 동시에 자연이 아닌
나는 고독하다.
자연이지만 자연일 수만 없는 존재,
자연인 자신을 바라보는 존재로서
나는 고독하다.

고독은 자연과의 관계 속에서 생겨난다. 자연과의 근원적 연결을 그리워하는 자의 안타까움, 거대한 우주 앞에 천둥벌거숭이로 서 있는 자의 나약함. 내가 사라져도 자연은 어김없이 자신의 길을 순환할 것을 아는 자가 느끼는 안도감 섞인 고독.

고독한 나는 존엄하다.

외로움은 대개 인간관계에서 온다. 이해해 줄 거라고 생각한 사람에게 이해받지 못할 때 외롭다. 같이 있으면 따뜻할 거라고 생각한 관계가 따뜻하지 않을 때도 외롭다. 젊은 시절 사랑하는 사람과 함께 있으면서 외롭다고 느꼈다. 결혼 생활할 때 가장 외로웠다. 사랑한다고 믿었던 사람이 옆에서 자고 있는데, 그가 한없이 낯설고, 작은 방이 벗어날 수 없는 노예선처럼 느껴질 때가 있었다. 밤새 외로움이 숨죽인 눈물로 흘렀다.

외로움은 나를 들어 올리지 못한다.
고독은 나를 더 큰 세계로 열어 주지만,
외로움은 갇히게 한다.
닫힌회로 속에서 맴돈다.

고독은 나를 잊고,
나를 넘어서고,
나를 열어 확장하게 한다.

외로움은 눅눅하고 때로 구차하다.

외로울 때는 생각한다. 내가 누군가에게 좋은 사람이 아니구나. 누군가에게 할 일을 하지 않는구나. 불필요한 곳에 에너지를 쏟고 있구나. 쓸데없는 것을 기대하고 있구나. 벗어나야 할 관계 속에 있구나.

때로 외로움은 고독으로 가는 길이 되기도 한다.

아픈 몸을 살다

삼 주 동안 감기를 앓았다. 처음 감기 기운이 느껴졌을 때 대수롭지 않게 여겼다. 평소대로 하고 싶은 일들을 하고 지냈다. 예전 같으면 그렇게 지나갔을 감기였다. 그런데 급성 중이염으로 귀에 통증이 오고, 기침이 심해져 가슴이 아파 잠을 잘 수 없었다.

지독한 감기가 내게 가르쳐준 것은 몸이 예전과 달라졌다는 사실이다. 한 번도 감기로 중이염을 앓은 적이 없고 기침 때문에 꼬박 앉아 밤을 지새운 일도 없다. 내 몸이 변하고 있다는 사실을 몸은 통증을 통해 알려 왔다. 아마도 여러 차례, 아니 수십 수백 번 몸은 알려 왔을 것이다, 자신의 변화를.

그 변화를 인식하지 않는 것은 고집스러운 내 자아다. 그 자아조차 몸이 있어 가능한 것임에도 나는 몸을 나 아닌 것처럼 생각하고 살아간다. 말로만 몸의 중요성을 이야기할 뿐, 몸이 없으면 나도 없고 세상도 없는 당연한 이치를 잊고 살아간다. 그렇게 사는 게 당연하다는 듯. 내 몸이 언제나 젊은 몸뚱이일 것처럼, 그 몸으로 천년만년을 살 것처럼 산다.

몸이 있다는 것을 알게 될 때는 아플 때다. 아파서 아무것도 할 수 없을 때 비로소 내게 몸이 있다는 사실을 알게 된다. 그때만큼 내가 '몸적 존재'라는 사실이 명백해지는 순간이 없다. 통증은 내가 당연한 듯 여기고 살아가는 것들이 얼마나 특별하고 연약한 것인지 알게 한다.

내 몸을 이루고 있는 무수한 요소들, 수천만 가지 유기적 작동들, 그 어느 것 하나 나는 제대로 알고 있는 것이 없다. 그중 어느 하나라도 탈이 나면 몸은 자기 존재를 유지하기 힘들다. 그러니 평소 멀쩡하게 살아 있다는 사실은 거의 신비에 가깝다. 그리고 그 신비는 우연에 기대어 있는 것이다. 내가 특별히 노력하고 애써서 이룬 성취가 아니라 자연이라는 거대한 우연의 한 조각으로서의 신비다.

언제 어떻게 깨질지 알 수 없을 만큼 여린 것이기도 하다. 그런데 그 여린 신비를 아프지 않을 때는 잊고 산다.

아프면서 건강할 때라면 당연하게 여겼을 것들이 새롭게 들어왔다. 이 겨울 따뜻한 집이 있고 사랑하는 사람이 곁에 있다는 사실, 식욕이 있어 밥을 먹는다는 사실, 한밤중 창밖으로 보이는 겨울 달의 사무치는 아름다움, 길 건너 고요히 서 있는 느티나무……. 평소라면 그저 스쳐 지나갔을 많은 것들이 절실하고 소중했다. 아마도 통증은 그렇게 새로운 시선으로 세계와 자신을 만나게 하는 몸의 신비로운 신호일지도 모르겠다. 아플 때 비로소 보이는 것들이야말로 나와 세상을 이루는 가장 근원적인 것일 게다.

그 소중함과 아름다움을 알라고 몸은 통증을 보내는지도 모르겠다. 욕망으로 부푼 자아에 갇혀 여리고 아름다운 세상을 배경 화면처럼 두고 사는 어리석음을 더 이상 반복하지 말라고, 부디 세상의 아름다움 속으로 깊이 들어가라고…….

아프면서 아서 프랭크Arthur Frank의 《아픈 몸을 살다》를 다시 읽었다. 삶과 죽음의 경계까지 다녀온 사람이 자신의 아픔을 통해 걸러낸 맑고 투명한 깨달음과 세상에 건네는 말이 가슴에 박혔다. 극한의 고통 속에서 걸러낸 사유들이 별처럼 빛났다.

나이 들어가면서 변하는 몸은 점점 취약해지고 고달파질 게다. 부디 그 고달픔으로 쪼그라들고 어리석어지지 않기를. 아니, 겁먹고 쪼그라들더라도 몸속에 존재하기를. 내 몸으로부터 도피하거나 내 몸을 마치 병원이나 약물에 맡길 물건처럼 대하지 않기를.

"우연 위에 놓인 이 세계에서 삶은 부서지기 쉬운 한 조각 행운 같은 것"*임을 잊지 않기를.

* 아서 프랭크 저, 메이 역, 《아픈 몸을 살다》, 봄날의책, 2017, 202쪽.

분노의 힘으로 꽃은 핀다

작약이 핀다.

조그만 주먹 같은 봉오리를

한 달쯤

단단하게 꼭 쥐고 있더니

드디어 펴기 시작한다.

꽃봉오리를 '노방怒芳'이라고 표현한 옛 시가 있다.

분노의 봉오리라니.

꽃이 피는 힘이 분노의 힘이란다!

"분노는 나빠, 나빠."

평생을 새긴 내 머리통을

신나게 냅다 갈기며

꽃님들 피어나신다.

분노의 주먹을 꽉 움켜쥔 봉오리.
그 힘이 어찌나 단단한지 작약의 봉오리는
절대 펴지지 않을 것 같다.

봉오리를 단 줄기는 부드럽고 연약하다가
시간이 흐를수록 단단해진다.
줄기가 단단해지는 동안 봉오리도 같이 큰다.
그 시간이 하루 이틀, 한 달이 걸리고
이윽고 모든 것이 준비된 어느 봄날
꽃잎이 벌어지는 것이다.

분노의 에너지를 깊이 모으고 있다가
피어야 할 순간이 오면
폭발할 듯 피어나는 꽃봉오리.
그 응축의 힘,
아름다운 분노.

스토리를 살다

"그래서, 넌 나비가 되었니?"

스스로에게 묻는다.

내가 할 수 있는 말은 이제 '나비'에 대한 관심이 사라졌다는 거다.

나비면 어떻고 아니면 어떤가?

그냥 그런 자신을 살 뿐이다.

"나는 누구인가?"

"삶의 의미가 뭔가?"

수십 년 묻고 되물었던 질문에 이제 답을 할 수 있게 된 것 같다.

"그냥 살아!"라고.

그건 묻고 답하는 사고의 영역을 넘어서는 일이라는 걸, 내게 온 것을 온전히 경험하고 '그저 사는' 영역이라는 것을, 사는 게 두려워 계속 그런 질문을 했다는 걸 이제야 안다.

'그저 살 뿐.'

난 삶의 의미를 모른다. 그런데 모른다는 사실이 더 이상 문제가 되지 않는다. 내가 분명하게 아는 것은 그동안 난 삶을 산 게 아니라 내 스토리를 살았다는 사실이다. 내가 만든 삶의 이야기, 나를 증명하고자 만들어낸 스토리를 살았다. 〈헐리우드 키드의 생애〉*라는 영화가 있었다. 영화에 중독되어 삶이 실종되어 버린 주인공. 무슨 말을 해도 영화 대사고 어떤 행위도 영화 속 행위인, 영화와 자신의 경계가 허물어져 폐인이 되어 버린 사내. 삶도 언어도 잃어버린 한 사내 이야기. 나 또한 내 이야기에 빠져 삶이 실종된 것이었을까?

* 정지영 감독의 1994년 작품.

스토리가 사라지니 많은 것이 사라진다.

무엇을 하든 파묻어 놓은 불씨처럼 가슴 깊숙한 곳에서 피어오르던 불안, 자기 분열, 늘 뭔가 모자라고 비어 있는 느낌, 목마름. 아직 목적지에 다다르지 못한 지친 여행자가 느끼는 피로, 가야 할 곳은 멀기만 한데 도착할 기약도 없는 막막한 절망감.

스토리가 사라지니 많은 것이 달리 보인다.

수십 년간 애써 만들어 온, 풍요롭고 아름다운 성城이라고 믿었던 것이 실은 단 한 사람도, 나 자신조차 들어가 쉴 수 없는 춥고 잔인한 얼음 계곡이었음이. 내가 옳다며 타인을 단죄하고 비난하는 잣대로 썼던 '빛나는 정의'가 실은 자신을 높이기 위해, 남에게 군림하기 위해 만든 '포장된 욕망'에 불과했다는 것이. 나 혼자의 노력으로는 아무것도 이룰 수 없다는 것이.

"아, 내 애써 만들어낸 것들의 초라함이여, 헛되고 헛됨

이여!"

이제 비로소 '그냥 저절로' 있는 것들이 보이기 시작한다. 저 들의 풀 한 포기가 저절로 피어 있듯, 그리고 그 자체로 온전하듯, 그냥 내 존재 자체의 모양과 향기가 느껴진다. 내 안에 저절로 있는 것들, 이미 온전한 것들은 보지 못하고, 엉뚱한 길로 한없이 치달았던 세월들이라니…….

'봄을 찾아 온 남쪽을 헤매다 지쳐 집에 돌아오니 마당 한가득 봄이 있더라.'

어느 비구니의 게송처럼 온통 찾다가 돌아오니 처음부터 이미 저절로 다 있는 것을 이제 안다. 그리하여 답할 수 있다.

'그냥 살 뿐.'

그 벼가 되고 싶다

문경 가은 봉암사* 계곡에 가면 희양산曦陽山 따라 흘러 내리는 물줄기가 있다. 차갑게 날 세운 몸으로 낮이고 밤이고 용맹정진 흐르는 물줄기다. 어느 농부가 고결한 물줄기를 돌려 논을 만들고 거기 벼를 심었다. 그 물에 발 담근 벼들. 눈 시린 연둣빛으로 햇살에 헤살거릴 때, 갓 감은 머릿결 여린 바람에 다붓이 나부낄 때, 내 몸에도 쩌렁한 물줄기 들어왔다. 정수리가 부르르 떨렸다. 차갑게 날 세운 물이 몸을 타고 흘렀다. 이렇게 나는 나 아닌 것이 되는구나, 이런 자기 초월도 있구나. 희양산 아래 선승 같은 물줄기에 발 담그고 자라는 어린 벼야, 나는 너이고 싶다. 아니, 내가 너다.

* 경상북도 문경시 가은읍 희양산 아래 있는 절로 해방 직후 사회적 혼란이 극심한 상황에서 한국 불교의 새로운 흐름을 창출한 도량이다. '오직 부처님 법대로 한번 살아 보자'라는 원(願)을 세운, 성철 스님을 필두로 한 이른바 '봉암사 결사'의 진원지다. 일 년에 딱 한 번 일반인들에게 문을 여는 선승(禪僧)들의 특별 수행처다.

고귀한 사치 1

가랑비 연잎에 떨어지는 소리나

초여름 밤 개구리 울음소리를 듣지 못하고

서쪽 하늘로 스러지는 늦가을의 석양과

겨울 연못에 오리 날아오는 모습을 보지 못한다면

삶에 무슨 의미가 있을까?

1.

연잎에 비 떨어지는 소리를 들어 본 적 있는가? 그것도 가랑비. 서출지 가득 연들이 연둣빛 잎을 뽑아 올리고 그 잎이 점점 커지면 연못은 동그란 숲이 된다. 어느 봄날 저녁 가랑비 오시면 고요 속에서 듣게 된다, 연잎에 비 떨어지는 소리를. 소리인 듯 아닌 듯, 들리는 듯 마는 듯, 빗소리에 귀 기울이다 보면 내 안은 온통 연둣빛 물이 든다. 비에도 젖지 않는 연잎과 비 떨어지는 소리에 젖어 드는 나.

두 존재가 어두워지는 고요 속에 마주 보고 있다.

2.

논에 물이 들어오고 모판에 벼들이 심어질 때면 들판을 가득 메우는 소리가 있다. 밤이면 유난히 더 커지는 소리. 개구리 소리다. 오르르 까르르 골골골 꽈악 꽉 게게겍 게겍 맹맹 꽉꽉……. 왁자지껄 시끄러운 소리에 익숙해지면 소리들의 차이가 들린다. 참개구리, 비단개구리, 옴개구리, 맹꽁이……. 소리들이 조금씩 다르다. 그중 듣기에 좋은 건 참개구리 소리. 오르르 꼬르륵 골골골 부드러운 소리다. 요즘은 참개구리가 많이 줄어 쉽게 들을 수 없는 소리이기도 하다. 특이한 울음소리도 있다. 청개구리 소리를 들으면 왜 옛이야기에 청개구리가 엄마 말 안 듣는 말썽장이 아들로 등장하는지 단번에 '아하~!' 하게 된다. 청개구리는 다른 개구리들에 비해 몸집이 아주 작다. 그런데 작고 여린 연둣빛 몸으로 내는 소리는 어찌나 큰지, "이 소리, 네 소리 맞니?" 하고 묻게 된다. 특이한 고음으로 마치 세상을 비웃는 듯 가소롭다는 듯 어떤 개구리와도 다른, 날카로운 소리를 낸다. 세상에 잔뜩 화가 난, 말 안 듣는 사춘기

아이의 외침 같다.

"꽤꽤꽤꽤~괙, 꽤꽤객! 게게게~게겍, 꽤꽤객!!!"

"닥쳐, 닥쳐, 다악~쳐, 닥치라구~!!!!"

3.

늦가을 벌판을 걷다가 석양을 만난다. 희고 늙은 억새들 갑자기 붉어지고, 길가 백일홍은 피를 토하듯 농염해진다. 모든 석양이 아름답지만 늦가을의 석양은 아름다움을 넘어선다. 아름다움이 농익으면 병적인 황홀이 있다. 고려 불화를 볼 때 느끼는 퇴폐적 심미와 비슷하다고 해야 하나. 절정을 넘어서는 것들의 아슬아슬한 추락의 기미幾微. 늦가을의 석양엔 삶의 절정을 넘어서 죽음을 넘보는 시선이 있다. 죽음이 오기 직전 마지막 피워내는 혼신의 열창. 벌판에서 석양을 맞이하면, 억새들이 헝클어진 허연 머리털을 온통 바람에 휘날리고 있으면, 그날 밤잠은 설치게 마련이다. 머지않아 다가올 죽음의 얼굴을 설핏 봐 버렸기 때문이다.

4.

오리만큼 통짜배기 몸을 가진 새를 본 적이 없다. 겨울 못에서 오리가 날아오를 때, '통몸'이 날아오르는 통짜의 소리를 듣게 된다. 가공하기 전 통나무 같은 우직함, 그 우직함으로 날아오르는 오리. 짧은 날개, 무거운 엉덩이로 날려니 제비의 날렵함과는 거리가 멀다. 물수제비뜨듯, 퉁퉁퉁 몇 번이고 물을 차올리다가 이윽고 '겨우' 난다. 그 소리는 내 몸까지 울린다. 모든 게 납작하고 얄팍해지는 시대에 우직한 통몸의 오리를 보는 일은 즐겁다. 오리가 난다.

"야, 빨리 날아, 떨어질라~"

자연 속에 살면서 보고 듣게 되는 것들,

작고 아름답고 절실한 것들.

가끔 생각한다.

이들을 보거나 듣지 못하는 삶이란 어떤 삶일까 하고.

자연 속에 살면서 보고 듣게 되는 것들,

작고 아름답고 절실한 것들.

가끔 생각한다.

이들을 보거나 듣지 못하는 삶이란 어떤 삶일까 하고.

비를 듣고 느끼다

1. 비를 듣다[聽]

잠결에 무언가가 속살거리는 소리를 듣는다.

조잘대는 것 같기도 하고,

속삭이는 것 같기도 한,

살아 있는 소리.

빗소리다.

아…….

저절로 웃음이 지어지는 소리.

생명을 품고 있는 소리.

2. 비를 느끼다[觸]

무언가에 몰두해 있다가

문득 비가 오고 있음을 느낄 때,

다정한 것이 몸을 감싼다.

땅이 젖는데 내가 젖는다.

메마른 몸이 촉촉해지고 부드러워진다.

몸에 박힌 가시들, 상처들이

녹아 씻겨 내려간다.

천지불인天地不仁

아무런 감정도 없는 비가 가장 따뜻하다.

2장 일상의 품 안에 고요히 앉아

고요가 없으면 충만함도 없다.
고요가 없으면 아름다움도 없다.

앉아라

신비로운 것,

새로운 것 찾아

끝없이 유랑하는 자여.

앉아라, 그 자리에.

반복과 습관의 지루한 자리

거기 앉아서 뿌리내려라.

앉아야 꽃 피우지 않겠나.

민들레도 척박한 땅

깊이깊이 뿌리 내리고

꽃 피우지 않더냐.

그리고 햇살 가득 청량한 날

비로소 온몸 가벼이 날아올라

온 세상 홀씨로 여행하지 않더냐.

네 눈물과 일상의

지리멸렬한 그 자리

거기서 꽃은 핀다.

소쩍새 우는 밤, 늙은 파를 뽑다

밭에서 일하다가 둥글고 훤한 달이 동쪽 산 위로 떠오르는 것을 본다.

달이 떠오를 때는 가까이 있어서 그런지 유난히 짙은 노란색이다.

마치 토종 달걀의 노른자같이 그 질감이 만져질 듯, 터질 듯하다.

그러고 보니 오늘이 보름이다.

소쩍새 우는 달밤,

그대는 모종들 물 주고

나는 꽃 피어나는 늙은 파들을 뽑아 갈무리한다.

파의 뿌리를 말려서 약으로 쓰려고 씻는데,

흰 수염처럼 긴 뿌리들이 어쩐지 신성한 느낌이다.

반복하는 일상 속에서 새로움이 돋는 즐거움.

하루 종일 그대는 창고 기초 놓고, 흙벽돌 나르고, 국수 삶아 점심 내고, 책상 만들고, 차 마시고, 산책하고, 모종 물주고, 아궁이 불 때고, 정리하고……. 쉬지 않는다.

하늘이도 쫄랑쫄랑 돌아다니다가, 밥 먹다가, 짖다가, 똥 누다가……. 쉬지 않는다.

지붕 틈에 집을 지은 알락할미새도 쉼 없이 새끼에게 먹이를 물어 나른다. 오 분에 한 번꼴로 암수가 같이 물어 나르니 수백 번을 나른다.

"하늘님은 한 시도 쉬지 않는다."*

아침밥 하고, 빨래 돌리고, 마루 앞 유리창과 방충망을 닦고, 간식 챙기고, 겨울옷 넣고 여름옷 꺼내다 말고 늘어놓고, 산책하고, 차 마시고, 채소 뜯고, 파 갈무리하고, 따온 채소들 씻고…….

그대들 따라 나도 쉬지 않는다.

* 동학 2대 교주 해월 최시형 선생의 말이다.

하루 종일 쉬지 않고 몸을 움직이는데 마치 유희하듯 가벼운 삶.

고단한 몸을 누이면 저절로 차오르는 충만.

스스로[自] 그러한[然] 삶이 주는 기쁨.

봄밤에 일을 하는 이유다.

마당이 있다는 건……

삼 년 전 심고 돌본 매화가 이른 봄 첫 꽃을 피우는 장한 모습을 기뻐할 수 있다는 것. 봄에 씨앗을 뿌리고 모종을 옮겨 이곳저곳에 심은 백일홍이 여름 내내 피고 지고, 다시 가을 아침 햇살에 피어나는 것을 경이롭게 바라보는 일. 봄부터 여름, 가을, 겨울까지 나고, 자라고, 사라지는 생명의 순환을 일정한 자리에서 느낄 수 있다는 것. 고양이의 발소리와 대나무 숲으로 새들이 돌아가는 소리를 귀 기울여 듣는 일. 흰 뱃살을 드러내고 환하게 날아오르는 찌르레기의 겨울 귀환을 기다리는 일. 가스 불에 밥 올려놓고 텃밭에서 싱싱한 케일, 상추, 토마토를 따 와 아침상에 올릴 수 있다는 것. 감나무 아래 낡은 의자에 앉아 차 한 잔을 즐기는 일. 한밤중 잠들지 못할 때 마당에 나가 밤하늘의 별들을 아무 걱정 없이 바라볼 수 있다는 것…….

이렇게 좋은 날

오늘 아침밥을 먹으며 문득 든 생각.

'이렇게 좋은 날, 뭘 하고 싶지?'
스스로 물어보니 대답이 너무 평범하다.

산엘 가고 싶다든가, 고적을 찾아간다든가, 여행을 떠나고 싶다든가 하는 마음은 없다.
그냥 밥 먹고 늘 하던 일, 이를테면 밭에 풀 뽑고, 마당 정리하고, 집 안 맑게 정돈하고, 책 보고, 글 쓰고…… 그런 걸 하고 싶다. 그 외에 다른 것을 하고 싶다는 욕구가 내 안에 없다.

예전의 나는 이렇게 아름다운 날 환장할 것 같은 느낌이었다.
"젠장, 날씨는 왜 이리 좋냐!"라는 말이 저절로 흘러나

올 만큼

'여기'가 아닌 어디 먼 '저기'로 떠나고 싶은

간절하다 못해 욕설이 터져 나오는 소망.

그런데 나는 이 좋은 날 '지금 이곳'에 있고 싶어 한다.

무엇이 달라졌을까?

비로소 나 자신으로 있는 거다.

강제된 노동이 아니라 자신의 일을 하고,

타의에 의해 짜인 삶이 아니라 자신의 삶을 살고 있다.

나는 내가 하는 일과 분리되지 않으니 일이 곧 즐거움이다.

이 투명한 가을 햇살, 고통스러울 만큼 소중한 시간에 넌 뭘 하고 싶니? 뭘 하고 있니?

스스로에게 물어본 질문, 그 대답은 단순하기 그지없다.

'늘 하던 일 하고 싶지, 특별한 일을 하고 싶지 않아.'

특별한 일이 따로 없다는 걸 온몸이 아는 거지.

하루하루 일상 그것이 특별함인 거지.

혼자 밥을 먹으며 이 특별한 일상이 기적 같다고 느낀다.

우리가 잃어버린 것들, 고요 1

짧은 인간의 생애 동안 너무도 많은 변화들이 있어, 나는 내 생애 이런 일을 겪을 줄 몰랐다는 말을 수십 년 동안 여러 차례 반복했다. 미세먼지 자옥한 세상에서 살 줄 몰랐고, 세계적인 전염병이 전쟁보다 심하게 사람들을 죽음으로 데려갈 줄 몰랐다. 바쁜 것을 넘어 과도하게 움직이던 사람들이 움직임을 멈추자 이리도 금방 맑은 하늘을 보게 될 줄도 몰랐다.

밤새도록 거센 비가 내렸다. 아침이 되니 날은 개었고, 밤새 내린 비로 개울물 소리가 우렁차고 빠르다. 나무들은 안녕한지, 꽃들과 풀은 또 무사한지. 숲으로 들어선다. 놀랍게도 풀들은 고요하다. 어젯밤 비바람의 흔적을 읽을 수 없다. 바위도, 나무도 꽃들도 고요하다. 숲은 고요로 꽉 차 있다. 습기로 가득 찬 고요는 고막을 찢을 듯 팽팽하다.

처음 내면에서 고요를 발견했을 때, 오랜 명상을 통해 고요가 온 줄 알았다. '아, 드디어 고요를 이루었구나!' 탐욕에 찬 마음은 고요조차 성취로 읽었다. 하지만 곧 아니라는 걸 깨달았다. 머릿속 온갖 자폐적 수다들에 가려져 있는 줄도 몰랐을 뿐, 고요는 언제나 내 안에 있었다. 그저 자신의 내면을 오래 응시하는 것만으로 고요의 정체를 확인할 수 있다.

내 안의 고요를 발견하고 나니 사물의 고요 또한 느껴진다. 모든 사물의 근원에는 고요한 바탕이 있다. 그 고요함에는 힘이 있다. 바람에 흔들리고 있는 나무의 뿌리처럼 흔들림 없는 힘이기도 하지만, 바람에 흔들리는 잎이 흔들림 속에서도 매 순간 고요한 것과 같은 힘이다.

동중정動中靜,
정중동靜中動.
움직임 속에 고요함이 있고,
고요함 속에 움직임이 있다.

내면의 고요를 만나면 이제까지 보이지 않던 것이 보이고, 들리지 않던 것이 들리기 시작한다. 하루마다 조금씩 늦게 뜨는 달의 운행이 보이고, 아침이면 봉오리를 벌려 꽃잎을 여러 겹 펼치다 저녁이면 다시 오므리고, 그 반복을 며칠 동안 지속하다가 물 위로 잠들 듯이 눕는 수련의 한생이 보인다. 여름날 피어났다가 늦가을에 죽어 버린 풀들이 죽어서 겨울을 나고 봄 되어 새싹이 나 그 주검을 먹이로 자랄 때까지 제자리를 지키고 있는 모습도 보인다. 그리고 그 어느 계절의 소리보다도 아름다운, 이른 봄에 우는 새소리를 듣게 된다. 이 모든 '사소한' 것들이 보이고 들린다. 그리고 이 사소함이야말로 우리가 잃어버린 근원적 생명력이라는 것도 알게 된다.

우리는 대개 생명의 근원인 몸에 머무르는 법을 익히지 못했다. 몸은 단지 내 욕망의 도구이거나 수단일 뿐, 몸이 곧 생명이라는 인식을 잘 하지 못한다. 몸에 주의를 집중하면 마음은 저절로 고요해진다. 밥 먹을 때 먹는 몸에 머물고, 잠잘 때 자는 몸에 머물기. 걸을 때는 걷고 들을 때는 듣기. 밥 먹으며 TV 보고, 침대까지 휴대폰을 가져오고, 들으면서 딴생각하고……. 그런 과도한 욕망에 시달리면 마음은 늘 소란스럽다. 고요가 삶에 들어올 수 없다.

유례없는 시절을 살고 있다. 언제 이 전염병이 사라질지 알 수 없고, 사라진다고 해도 무엇이 어떤 얼굴로 다시 올지 알 수 없다. 인간이 지나친 욕망으로 계속 자신이 살 몸(지구)을 파괴한다면 결국 우리는 자신의 근원을 파괴한 자가 어떤 고통에 내몰리는지 절망적으로 깨닫게 될지 모르겠다. 내 안에서 쉬는 법, 고요를 내 삶에 들여와야 하는 이유이기도 하다.

우리가 잃어버린 것들, 고요 2

"난 이런 고요를 견딜 힘이 없어."

서울에서 온 지인은 마당 한쪽에 가만히 서 있다가 말했다. 그의 말은 모두를 침묵케 했다. 정직한 말이었다.

우리의 삶에는 고요가 없다. 오히려 고요를 못 견뎌 한다. 고요함은 심심함이나 지루함같이 못 견딜 그 무엇이 되었다. 하루를 머리말에 있는 스마트폰으로 시작해 SNS, 인터넷, 텔레비전, 유튜브, 도시의 각종 소음들에 둘러싸여 사는 사람들. 운동을 하거나 산에 오를 때조차 음악을 듣거나 라디오를 틀고 다닌다. 현대인에게 고요는 어쩌면 삶에서 제거해야 할 그 무엇이 되었는지도 모른다.

그 시끄러움 속에서 우리는 내면의 고요를 잃어버린다. 그 결과 충만한 생명력으로 가득 찬 세계 또한 잃어버린다. 내면의 고요를 잃어버린 생명은 물기 없이 황폐해질 수밖에 없다. 고요를 잃어버린 영혼은 쉴 곳이 없다. 온갖 소음으로 가득한 공간에서 영혼은 배회하고 병들고 스러져 간다.

이 시끄러운 삶을 당연한 것처럼 여기지만 인류는 훨씬 오랜 세월을 고요와 함께 살아왔다. 옛사람들의 삶에서 고요는 일상이었다. 이제 우리는 아주 가끔 성당이나 절과 같은 종교적 공간이나 이른 아침 숲이나 강가에서 찰나적으로 느끼는, 갑자기 모든 것이 멈춘 것 같은, 영원의 한 자락을 잡은 듯한 신비한 경험으로 잠시 그 고요의 존재를 인식할 뿐이지만 옛사람들에게 고요는 삶의 일부였다.

《중세의 가을》에서 요한 하위징아Johan Huizinga는 '공백에 대한 두려움'을 정신적 발전이 끝나 버린 시대의 특징이라고 말한다. 서양의 중세가 끝날 무렵 나타난 예술 작품들의 한없이 세밀하게 덧붙이는 형식을 이야기하며 대역사가는 이러한 통찰을 제시한다. 정신의 쇠퇴기에 오는 공백에 대한 두려움은 모든 문화권에서 보편적으로 나타나는 현상이다.

현대인은 공백을 못 견뎌 한다. 고독과 침묵을, 빈 공간과 시간을, 비어 있음으로 꽉 찬 존재를, 팽팽하게 터질 듯한 텅 빈 충만의 밀도와 깊이를 느끼지도, 견디지도 못한다. 아마 현대만큼 공백을 두려워한 시대는 없었으리라.

현대만큼 물질적 풍요를 이룬 시대는 없었다. 그 물질은 끊임없이 새로움을 찾아 나서게 한다. 그런데 그 풍요와 새로움이 영혼의 풍요와 새로움을 가져다주지 않는 이유는 무엇일까?

일상의 권태에서 벗어나기 위해, 새로운 것을 찾기 위해 여행을 떠나는 많은 사람들. 그 여행을 통해 잠시 새로워지고 풍요로워질 수는 있으나 그것을 자기의 삶으로 깊이 가져오지 못하는 이유는 무엇일까? 시간이 지나면 다시 권태로워지고 그러면 또 떠나야 한다. 여행을 떠나는 것이 일종의 중독이 된다. 그 많은 돈과 시간, 에너지를 쓰면서 얻고자 하는 것은 태초의 것일 듯한 신선한 아침과 가슴 가득 차오르는 삶의 충만함, 살아 있다는 생생한 느낌, 그런 게 아닐까. 그런데 여행을 아무리 해도 그것이 생기지 않는 이유는 밖의 풍경과 사물만 달라졌지, 나 자신은 달라지지 않았기 때문이리라. 나는 단지 밖의 사물을 소비하는 자로 있을 뿐이다.

우리가 자연을 보며 감탄할 때, 그 감탄은 그저 습관이거나 애완愛玩이거나 소비의 대상일 뿐인 경우가 허다하다. 예쁜 것과 아름다움은 다른 차원에 있다. 예쁨이 대상을

'내 것 화'한 애완의 차원이라면 아름다움은 근원의 차원에 있다.

꽃 한 송이, 나무 한 그루에서 아름다움을 보는 것은 그냥 보이는 것이 아니다. 내 안의 거친 욕망의 시선을 걷어내고 비어 있는 시선으로 볼 때 사물들은 내게 말을 걸고 자신들의 신비를 열어 보인다. 한 송이 꽃을 보고, 꽃과 내가 일치되는 근원의 지점까지 가야 꽃을 만났다고 할 수 있다. 그리고 그런 만남을 통해 우리는 존재의 충만함에 다가갈 수 있다. 대상 속으로 들어가는 비밀의 문은 내적 고요다. 나, 자아의 비움이다. 나로 꽉 차 있어서는 대상 속으로 들어갈 수 없다. 대상을 그저 '내 것 화'할 뿐이다.

고요가 없으면 충만함도 없다.
고요가 없으면 아름다움도 없다.

한 자리에 앉아서도 신선한 순간을, 꽉 찬 충만을 누릴 수 있는 비밀의 문인 고요를 회복하려면 어떻게 해야 할까? 그 열쇠는 삶의 온갖 소란스러움에 눈뜨는 데 있다. 내가 얼마나 소란스러움에 깊이 길들여져 있는지 알아차리는 거다. 소란을 소란이라고 느끼지조차 못하는 나, 소란이 없으면 거의 안절부절못하는 나, 단 한순간도 가만히 있지 못하는 내 습관을 낯설게 보는 것이다.

지리산에 명상 수행을 하러 갔을 때 처음 몇 달 동안 희귀한 경험을 했다. 내 안이 너무도 소란스러웠다. 온갖 생각과 기억의 소란으로 거의 폭발할 지경이었다. 겉으로 침묵 명상하고 있다고 해서 저절로 고요해지는 게 아니었다. 입을 다물고 몸을 꼼짝 못하게 붙들어 놓고 있으니 어떻게 해 볼 수 없는 마음이 내지르는 온갖 소리들, 하다 하다 안 되니 나중엔 아무 의미 없는 꽥꽥댐, 방언 같은 소리들을 내질렀다. 말 그대로 '지랄 발광'이었다. 산속의 밤은 최초의 고요인 듯 침묵했다. 그 고요 속에 오로지 내 머릿속만이 산이 터져나갈 듯 소란스러웠다. 아주 낯설고 괴이한 경험이었다.

자신의 소란스러움을 자각하고, 그 자각이 어떤 변화를 가져오는지 관찰해 볼 일이다. 어느 순간 텔레비전을 끄고 스마트폰 없이 고요히 내면을 들여다보는 자신을 만나게 될지도 모른다. 하루에 한 순간 그런 순간이 있다면, 고요의 문으로 들어갈 비밀 통로를 발견한 것이다. 그 발견을 사소하게 여기지 말자.

세수하고 안방 창 앞에 앉아 향을 피우고, 차 한잔을 마신다. 차를 우릴 때의 고요함에는 일종의 단절이 있다. 일상에서 비일상을 빚어내는 단절, 미르체아 엘리아데Mircea Eliade의 말을 빌리면 속俗이자 성聖인 자리, 속에서 성이 발현되는 순간의 단절이 있다. 차를 우리고 따르고 마시는 이 순간의 고요를 나는 즐긴다. 하루 중 가장 깊은 고요와 함께하는 시간, 시간에 향기라도 있는 듯 이 시간을 깊이 들이마신다.

차를 우리고 따르고 마시는 이 순간의 고요를 나는 즐긴다. 하루 중 가장 깊은 고요와 함께하는 시간, 시간에 향기라도 있는 듯 이 시간을 깊이 들이마신다.

집과 놀다

오래된 집의 방房들은
고요를 무슨 퇴적층처럼 깔고 있는지라,
몸 비우고 있으면
고요의 소리라든가 냄새라든가 하는 것들이 와서
살[肉]을 비벼댄다.

가만히 손을 내밀면 손가락 사이마다 가득
건져지는 고요의 몸들.
부드럽고 물컹하고 쫀득한
아득히 깊은 몸들.
어쩌다 내 몸조차 고요가 되면
고막 가득 쩌렁쩌렁 울리는 고요의 소리.

나무들은 제 고요로 제 살을 찢는지
겨울밤 쩌렁쩌렁 나무 찢어지는 소리.

봄날 빈방엔 연둣빛 비린 고요가
말간 눈빛으로 아장대기도 하고
단풍처럼 붉은 고요가
가을 햇살 아래 마지막 숨을 거두기도 하는데,

이 고요의 퇴적층들과
나의 몸은 어디쯤서 공명하는지
이 몸 때때로 고요의 집이 되기도 하는지라.

우리가 잃어버린 것들, 겨울밤

1.

고요하다.

조금 전까지만 해도 재잘거리던 새들의 소리도 끊기고, 마당의 하늘이도 제 집으로 들어갔다.

"동네가 너무 어두워서 좀 무서워요."

서울서 온 지인과 같이 밤 산책을 하고 들어오는데 하는 말. 한 번도 '어둡다'는 생각을 해 본 적이 없어 대답할 말이 궁색하다. 그러고 보니 골목의 가로등이 언젠가부터 망가져 불이 들어오지 않고 있다. 사실 그래서 난 좋다.

밤은 뭐니 뭐니 해도 겨울밤이다. 긴긴 겨울밤의 고요와 평화를 이 집에 와서 비로소 회복했다. 어둠이 내린 작은 집의 구석 방. 그곳은 세상의 가장 깊은 피난처이자 안식처다. 어둠 속에 가만히 누워 있으면 내가 대지에 속해 있다는 사실이 온몸으로 느껴진다. 낮의 어수선한 기운이 가라앉은 대지는 평화 그 자체다. 믿고 안길 수 있는 땅.

겨울은 휴식의 계절이다. 봄에는 밭에 씨를 뿌리고, 모종을 심고, 마당에 나무와 꽃씨들을 심는다. 여름엔 풀들과 씨름을 하고 가을엔 거두어들일 것들이 많아 바쁘다. 양파와 마늘마저 다 심은 겨울은 노동의 계절이 아니다. 짧아서 더욱 간절한 햇살을 즐기고 장작불을 땐 따뜻한 방에서 차를 마시며 긴긴밤 동안 읽고 싶었던 책들을 실컷 읽으며 지내는 편안한 계절이다.

겨울밤 마당에 나가는 일은 언제나 신선하다. 따뜻한 방에 있던 몸이 싸늘한 바람을 맞으며 부르르 떨릴 때의 명쾌한 감각, 머리 위에 떠 있는 달과 별. 겨울의 하늘은 유난히 쩡쩡하다.

2.

그러고 보니 어릴 때부터 밤을 좋아했다. 열두 살 무렵 경험한 시골의 밤은, 내가 겪어 온 밤 중 가장 깊은 밤으로 기억된다. 전기도 들어오지 않던 마을의 밤은 말 그대로 칠흑 같은 밤이었다. 달도 뜨지 않는 날엔 바로 옆에 누가 있어도 보이지 않았다. 천지사방 빼곡한 어둠만이 있었다.

한여름 미루나무 숲에서 빽빽한 어둠을 맞던 기억. 손을 내밀면 어둠의 진한 밀도가 느껴졌다. 그 어둠 속에서 어린 나는 평화로웠다. 바람결에 전해 오는 밤 냄새는 습습하고 비릿했고, 발가벗은 얼굴과 팔등, 다리에 와 닿는 밤의 촉감은 축축하고 부드러웠다. 먼 곳에서 들려오는 밤새 소리, 짐승 소리, 미루나무 무성한 잎들이 서로 부딪히며 수런거리는 서늘한 소리……. 난 밤의 품에 안겨서 내가 땅에 속한 존재라는 것을 모호하게, 그러나 지울 수 없는 문신처럼 분명하게 느꼈다. 그렇지 않고서야 그 칠흑 같은 밤이 그토록 편안할 수 있었겠는가.

어둠에 대한 특별한 기억은 또 있다. 중학생 때 일이다. 한밤중에 엄마가 깨웠다. 동생이 열이 펄펄 나고 있었다. 통금이 지난 시간이었지만 아버지는 집에 오지 않았다. 캄캄한 밤중에 혼자 걸어서 오 리가 넘는 약방을 가야 했던 나는 울었다. 무서움과 공포에 떨던 나는 어느 순간 이상해진 자신을 발견했다. 분명 울면서 걷고 있었는데, 기쁨으로 어쩔 줄 모르는 내가 있었다. 흰 눈이 은하수처럼 소복이 쌓인 신작로, 달빛 가득한 길을 춤추듯 지그재그로 걷고 있었다. 빙글빙글 돌기도 했다. 캄캄한 밤, 아무도 밟지 않은 눈 덮인 길을 달빛 받으며 걷는 환희로움, 밤의 고요한 충만함으로 가슴이 터질 것 같았다.

고등학교 3학년 때의 기억도 있다. "남의 집에 갈 지지배가 공부는 무슨 공부"냐며 공부만 하면 "놀지 말고 일하라"는 엄마를 피해 학교 교실에 남아 밤늦게까지 공부를 할 때였다. 감자꽃이 필 때니 초여름이었다. 새벽 1시도 넘은 시간에 학교에서 나왔다. 보름달이 어찌나 환한지 거의 대낮 같았다. 나는 나도 모를 희열에 차올라 집과 반대 방향으로 걸어갔다. 달빛 환한 신작로를 걸었다. 아무도 없는 밤, 달빛과 신작로와 끝없이 이어진 감자밭만이 나와 함께 있었다. 달빛 속 감자꽃들은 반투명의 우윳빛으로 빛났다. 마치 지상을 밝히기 위해 땅속에서 솟아오른 무수한 작은 요정들처럼 아름다웠다. 난 달빛에 취해 춤을 추듯 걷고 또 걸었다.

술한 밤의 일화들이 내 안에서 누에가 고치를 틀듯 틀고 있다. 그 기억을 오래 잊고 있었다. 잊고 있던 기억들이 밤을 회복하면서 살아나기 시작했다.

도시에서 수십 년을 살면서 난 밤을 잃어버렸다. 도시 어디에도 어둠은 없었다. 아무리 불을 끄고 창문을 닫고 커튼을 쳐도 어디선가 끊임없이 빛이 들어왔다. 어린 시절의 어둠을 다시 찾을 길이 없었다. 동료들과 술 마시고 마지막 지하철을 타고 내리면 대낮 같은 세상이 거기 있었다. 그 시간까지 나처럼 술을 마시든 무엇을 했든 사람들이 우르르 쏟아져 나왔다. 대명천지 밝은 밤이었다. 무섭고 두려운 밤이기도 했다. 밤거리에서 사람을 만나는 게 가장 두려웠다. 그것도 남자 사람. 도시의 밤은 밤이 아니거나, 두려워 피하고 싶은 밤이었다. 생성의 밤, 휴식의 밤, 평화의 밤은 없었다.

밤은 언제나 되돌아감이고 회복이다. 문명은 밤, 어둠을 지운다. 이 시대가 밝음이 극極인 시대니 밤낮으로 들떠 있을 수밖에 없다. 난 그리 살아왔다. 돌아가 근원의 힘을 채울 곳을 잃었다. 잊어버렸다. 그곳에서 평화와 고요를 다시 길어 올려야 하는 걸 오래전에 잊은 거다. 밤이 바로 그곳임을 잊었다.

3.

자연을 보면 밤은 쉬라고 있는 것임을 알 수 있다. 밤이 되면 모든 살아 있는 것들은 휴식을 위해 자신의 보금자리로 돌아간다. 아무리 허술하고 보잘것없더라도 자신의 자리 속에 들어가 제 생명을 눕힌다. 하루 종일 재잘대던 참새도, 해종일 뛰어놀던 하늘이도 제 보금자리로 간다. 겨울밤만큼 보금자리의 절실함을 느끼게 하는 시간이 있을까? 돌아가 몸을 누일 따뜻한 공간이 있는 사람에게 겨울밤의 산책은 또 얼마나 감미로운 것인가?

보름달이 뜬 날 마을 염불사지念佛寺地를 걷는 일은 감미롭다. 《삼국유사》에 염불을 유난히 잘하는 스님이 살았다고 전해지는 그 절터에 지금도 염불사라는 절이 서 있다. 절 옆에는 신라 시대 쌍탑이 있다. 고요한 달밤, 아무도 없는 그곳을 천천히 걷고 있으면 스스로 고귀해지는 듯하다. 걸음이 단정해진다. 어쩌면 내가 천 몇백 년 전쯤 이곳에 살았을라나, 그때도 이곳을 이리 거닐었을라나. 신라인이 되어 살았던 한 생을 상상한다.

밤에는 낮에 잘 들리지 않던 소리들이 들린다. 그 소리들의 향연에 초대되는 기쁨, 겨울비 오는 소리. 빗소리는 언제든 좋지만 겨울밤에 오는 빗소리에는 신성한 고요가 있다. 자정을 넘으면 이미 새날의 기운이 올라온다. 낮에 써 버린 기운을 밤에 채운다. 긴 겨울밤은 밤의 깊은 기운을 느끼고 누리는 데 더할 나위 없다. 깊은 고요와 함께 내밀한 속 뜰에서 스며 나오는 평화가 있다.

낡고 오랜 집의 작은 구석방에서 나는 잃어버린 밤을 다시 맞는다. 고치처럼 틀고 있던 어둠의 기억들이 풀려나온다. 어둠의 비릿하고 습습한 냄새, 부드럽고 축축한 촉감, 옛 우물 같은 깊은 안식을 회복한다. 나는 어둠의 딸이며 대지의 어엿한 후손임을 가슴 깊은 곳이 축축하게 젖어 드는 아득함으로 알게 된다. 겨울밤이다.

고귀한 사치 2

보슬비 내리는 초여름 이른 아침,
밭에서 감자를 캔다.

먼 산은 푸르고
비 맞는 땅은 촉촉하고
비 맞는 몸도 포실하다.

이윽고 땅이 열리고
희고 둥근 생명들이
'어마나, 깜짝이야'
까르르 드러날 때,

손 안 가득 담겨 오는
땅의 열락悅樂,

냄비에 물 얹어 놓고

첫 감자 맛을 기다리는

기쁜 조바심.

사소한 것을 고귀하게 하라

언제부턴가 자신에게 하는 말이 있다. '사소한 것을 고귀하게 하라.'

고귀한 생각을 갖는 건 그리 어려운 일이 아니다. 정작 어려운 것은 그 생각이 머리에서 가슴으로, 가슴에서 손과 발, 즉 구체적 일상으로 이어지는 것이다. '앎'이 '삶'의 제전祭典으로 바쳐져야 하는 일이다.

나는 이를테면 범인류애적 사고를 한다. 그러나 거리에서 외국인 노동자들이 가까이 다가오면 저절로 몸이 움츠러든다. 피부색이 검다면 움츠러듦도 심하다. 또한 난 폭력에 반대한다. 그런데 운전대만 잡으면 너무도 쉽게 폭력적이게 된다. 규정 속도를 어기고 교통신호를 위반한다. 그리고 나처럼 운전이 서툰 사람들이 내 앞길을 방해하면 여지없이 욕설이 터져 나온다.

내 생각은 고귀한데 나의 일상은 천박하다. 이 사실을 깨친 것도 그리 오래되지 않았다. 나는 스스로 고귀한 생각을 하는 꽤 괜찮은 사람인 줄 알았다. 그런데 웬걸, 실제 삶 속에서 나는 봐주기 힘들 만큼 천박했다.

난 평생 그럴듯한 삶을 꿈꾸면서 그 근원이 되는 것들은 죄다 무시하고 살았다. 밥을 하찮게 여기고, 아무렇게나 대충 먹고 살았다. 내 몸이 곧 나라는 것조차도 모르고 내 마음대로 부리고 지치도록 써먹었다. 평생 이 집 저 집으로 떠돌며 내가 사는 공간에 대해 별다른 애정도 없이 살았다. 그러면서 아주 이상적인 삶을 꿈꿨다. '여기' 아닌 '저기'에서.

생각과 구체적 삶의 어긋남은 나만의 일은 아닐 것이다. 과거의 내가 그랬듯 많은 사람이 자신의 고귀한 생각과 자신을 동일시한다. 나는 고귀한 생각을 하므로 난 고귀하다고. 그러나 생각만큼 스스로를 속이는 것도 없다. 생각은 천리만리를 제멋대로 왕래한다. 언제 어떻게 변할지 모른다. 정직한 것은 몸이고 구체적인 일상이다. 내 몸은 거짓말을 하지 못한다. 일상은 나의 구체적 실존을 그대로 드러내 준다. 나의 일상, 비근하고 사소한 것을 변화시키려는 노력은 어쩌면 '영웅적 용기'가 필요할지 모른다. 너무도 오랜 습관을 마주 봐야 하고, 아무도 알아주지 않고, 빛도 안 나고, 돈도 안 되는 일이다. 천 번을 바꾸어도 제자리로 되돌아오는 끈질긴 관성과 마주해야 한다.

《밥하는 시간》의 저자가 되고 나서 여러 곳에서 다양한 사람들을 만났다. 생태 여성주의자들이 모인 장소에서 한 여성이 말했다. "이 시대에 버겁게 살아가는 청년들을 위해 해 줄 말이 뭘까요?"

"어떤 상황에서도 내 생명을 소외시키지 않는 삶을 살자고 말하고 싶어요. 몸을 가지고 살지만 몸에 관심 없다면 내 생명을 소외시키는 거죠. 라면을 먹더라도 대충 한 끼를 때우는 게 아니라 정성스럽게 먹기, 한 칸짜리 방이라도 내가 가장 평안할 수 있는 공간으로 가꾸기. 내 삶의 기초를 잘 돌봐야 삶이 든든해진다는 걸 나누고 싶어요. 생명은 아름답게 살아 주어야 죄짓지 않는 것이라고요."

구체적이고 근원적인 것에 좀 더 가까이 가고 싶다. 그곳에서 고귀해지고 싶다.

삶의 우선순위

얼마 지나지 않으면 올 한 해가 간다. 낡은 해를 보내고 새해를 맞이하는 인간의 역사는 오래되었다. 고대인들은 새로운 해를 맞으며 '최초의 시간'으로 돌아가기를 기원했다고 한다. 그 갈망은 현대를 사는 우리에게도 여전히 있다. 새로운 시간, 최초의 빛나는 시간으로 돌아가고 싶은 마음으로 새해를 맞이한다.

한 해를 보내면서 '잘 살았나?' 스스로 질문한다. 그런데 '잘 살았다'는 기준이 뭘까? 어떻게 살아야 잘 산 것인가? 그건 삶의 우선순위를 어디에 두는지를 묻는 질문이기도 하다. 삶의 우선순위에 따라 삶은 달라지기 마련이다.

시간의 유한성을 아는 사람들은 삶의 우선순위를 좀 더 근원적인 것에 둔다는 연구가 있다. 젊은 사람이라도 가까운 사람의 죽음을 경험하거나 큰 병에 걸려 자신의 삶이 마냥 이어질 것이라는 기대가 사라진 사람이라면 그렇다는 거다.

나이가 듦에 따라 대부분 사람들은 무언가를 달성하고, 소유하고, 획득하는 것보다는 일상의 기쁨과 인간관계를 더 중요하게 여기는 지혜를 터득하게 되는데, 그게 꼭 나이가 들어서만은 아니라는 것이다. 삶을 어떤 관점으로 보느냐에 따른 선택의 차이라는 것이다.

미래에 올 삶이 불확실해지면, 생명의 덧없음을 강하게 느끼게 되면, 삶의 목표와 동기가 변한다. 삶의 초점이 미래에 올 그 무엇이 아니라 '지금 여기'로 오게 된다. 건강한 젊은이는 새로운 사람이나 정보를 얻기 위해 밖으로 나가지만, 삶이 얼마 남지 않음을 아는 사람은 소중한 사람과 함께 있는 것을 선택한다.

나이가 들수록 삶이 한정되고 협소해짐에도 사람들이 긍정적인 감정을 더 많이 느낀다는 연구 결과도 있다. 그건 바로 '지금 여기'라는 삶의 순간에 집중하고 기쁨을 느끼는 지혜를 얻게 되었다는 의미다.

그러고 보니 내 삶의 우선순위도 많이 달라졌다. 젊은 시절엔 새로운 경험, 넓은 사회적 관계, 세상에 나를 세우기 위한 분투, 어떤 업적을 남기거나 무언가를 성취하는 것이 우선이었다. 하지만 나이가 들어가면서 한 해를 잘 보냈는지를 묻는 질문의 기준이 달라졌다. 전에는 있는 줄도 몰랐던 것들이 삶의 기준이 되었다.

이를테면 내 몸(생명)과 잘 지냈는가? 나는 조금 더 현명한 몸이 되었는가? 밥을 편안하고 기쁘게 먹었는가? 집을 좀 더 평화롭게 만들었는가? 내 먹거리를 내 손으로 얼마나 가꾸었는가? 꽃과 나무들을 심고 보살폈는가? 가까이서 만나는 사람들에게 얼마나 관심을 가졌는가? 고양이들이 살기 좋게 도왔는가? 고요하고 한가한 시간을 자주 만났는가? 산책을 하고 새소리를 듣는 기쁨을 누렸는가? 삶이 주는 무상의 선물을 얼마나 자주, 깊이 받아들였는가? 세상의 아름다움과 경이로움에 몸이 떨렸는가? 내가 살고 있는 세상이 조금 나아지도록 하기 위해 한 일이 있는가?

우리의 삶을 추동하는 동기는 변한다. 새해에는 좀 더 근원적인 것, 일상의 기쁨과 가까운 존재들의 행복에 관심을 갖는 지혜를 터득해 가기를 스스로 바란다.

벼꽃의 위로

벼 가득 자라는 들판을
십 년 걸어도
보기 힘든 꽃

벼꽃 피면 들판 가득
밥 냄새가 난다.

눈으로 보는 꽃이 아니라
향기로 아는 꽃.

밥 냄새,
벼꽃 향기

세상에서 가장 평화로운 향기
벼꽃의 위로.

이혼을 앞둔 벗 '나타샤'에게

그대의 깊은 슬픔을 축하해
'포기는 곧 부활'*이라는 것을
삶은 눈물로 가르치지

그대 절망으로 무너지는 것을 축하해
정직한 절망만이 새로운 탄생임을
삶은 고통으로 깨우치지

그러니, 나타샤
그대가 할 일은
눈물과 절망을 기꺼이 받아들이는 일

오지게 깨져 산산조각 나

* 모건 스콧 펙 지음, 신승철 옮김, 《아직도 가야 할 길》, 열음사, 2005, 101~109쪽.

다시 돌아갈 길 없어

길 없는 길을 내는 일

사랑이 밖에서 올 거라고 기대하는

허무하고 지친 기다림 대신,

스스로의 사랑을 펴 올리는 일

그대 이미 충분히 익어

자유가 될 민들레 홀씨라네

3장 세상을 향해 걷다 보면

자신의 노동에서 느끼는 기쁨은 예술적 창조의 기쁨과도 같다. 자신의 노동으로 달라진 존재에게 느끼는 대견함과 아름다움. 그 존재와 하나가 되는 자기 확장, 그 감동으로 그는 자기 변화에 이른다.

평생 안 하던 짓을 이제 하려니 그게 돼야 말이지요

얼마 전 선배 부부가 심각하게 다투는 자리에 민망하게도 함께 있게 되었다. 선배와 그의 남편은 맞벌이 부부로 살았다. 선배가 먼저 은퇴를 했고 남편은 얼마 전에 은퇴했다. 두 사람은 드물게 다정한 부부여서 여러 사람의 부러움을 샀다. 그런데 남편이 은퇴하자 둘의 관계가 삐걱거리기 시작했다. 선배는 남편이 직장을 그만두면 함께 일상생활을 즐거이 나누어 할 수 있을 거라고 기대했다. 같이 밥하고 설거지하고 청소하고 깨끗하게 정돈된 거실에서 차를 나누고 책을 읽고, 음악을 듣는……. 남편도 늘 그렇게 하자고 기꺼이 동의했다. 그런데 막상 퇴직한 남편은 밥을 하는 대신 외식을 하자고 했다. 하지만 그것도 한두 번이지 집 놔두고 밥 먹으러 식당을 전전하는 것도 우습고, 믿고 먹을 만한 음식도 드물었다. 그렇다 보니 밥은 거의 선배가 하게 되고, 장 봐서 세 끼 밥하다 보면 하루가 다 갔다.

"그게 뭔 짓이냐?"

선배가 분노에 차서 소리쳤다. 같이 돈 벌고 은퇴해서 한가하고도 즐거운 노년을 기대했는데, 은퇴는 남편만 하고 자기는 일 년 열두 달 하루 세 끼 은퇴 없는 현역으로 계속 살아야 하는 일에 진저리가 난다고 했다. 칠십, 팔십이 되어서도 그렇게 살 걸 생각하면 눈앞이 캄캄하다며 남편의 이기심이 이해가 안 된다고 분개했다. 밥하는 일을 쌀 씻어 압력밥솥에 넣고 전기코드를 꼽으면 끝나는 일이라고 생각하는 것도 한심하고, 한 끼 밥이 어떤 수고로움을 거쳐 만들어지는지도 모르고 알려고도 하지 않는 무신경에 분노가 치솟는다는 것이다.

"평생 안 하던 짓을 이제 하려니 그게 돼야 말이지요."

선배의 말에 아무 말도 못하고 고개를 숙이고 있던 남편이 변명처럼 한 말이다. 남자들을 위한 요리 강습도 다녀 보고 나름 부엌일을 하려고 노력도 해 봤지만 그게 일상으로 이어지지는 않는다는 말이었다.

선배 남편의 말에 공감이 갔다. 그건 내 이야기이기도 했다. 평생 이상주의와 관념에 사로잡혀 일상을 위대한 일을 하는 데 발목이나 잡는 지겨운 일로 생각하며 살아왔으니 말이다. 오십 대에 맞이한 절망은 잘못 살아온 삶에 대한 당연한 대가였을 것이다. 일상을 부정한 건 사실 삶을 부정한 거였다. 삶은 구체적인 몸으로 사는 거지 허공에 뜬 관념으로 사는 건 아니었다. 어쩌면 '있는 그대로'의 삶을 살 자신이 없어 허공에서 헤맸는지도 모른다. 그런 자신에 대해 회의하면서 일상에 의미를 부여하고 정성스럽게 살려고 노력한 세월이 벌써 십여 년이 지났다. 그런데도 난 여전히 일상에 서툴고, 툭하면 일상 밖으로 나가서 무언가 대단한 의미를 찾으려는 오랜 습관을 마주해야 한다.

노년을 잘 살려면 '지금' 잘 살아야 한다. 잘 사는 게 뭔지 알아야 한다. 이른바 중년의 위기는 자신의 삶을 돌아보라는 강력한 신호다. 생존을 위한 경쟁과 성공을 위해 달리면서 잃어버린 것이 무언지 바라보라는 내면의 메시지다. 삶에서 정작 중요한 것, 죽을 때 후회하지 않을 일이 무언지 살피라는 말이다.

"노년을 위한 원대한 목표가 있으리라는 미련을 떨치기는 힘들다. 그러나 냉정히 생각해보면 인생 후반기의 의미는 오로지 우리 자신으로부터 나올 수밖에 없지 않겠는가?"*

노년에 풍요로운 삶을 누리기를 원한다면 지금 풍요롭게 사는 훈련을 해야 한다. 메마른 영혼이 늙었다고 갑자기 촉촉한 영혼이 될 리 없고, 책 한 줄 안 읽다가 갑자기 시간이 많아졌다고 책을 읽는 사람이 되지도 않는다.

소중한 사람과 한평생 잘 살아가려면 남자들은 더 늙기 전에 자신의 일상, 밥 먹고 잠자는 가장 근원적인 일에 관심과 애정을 가지고 훈련을 해야 할 게다. 그 능력은 늙어 홀로 되었을 때 어쩌면 더 빛날지도 모르겠다.

* 마거릿 크룩생크 지음, 이경미 옮김, 《나이듦을 배우다》, 동녘, 2016, 35쪽.

그가 노인의 속도를 존중했을 때

얼마 전 청리 쪽으로 가는 길이었다. 작은 삼거리에서 버스가 가로막고 있었다. 정거장도 아닌데 말이다. 잠시 기다렸으나 여전했다. 창을 열고 목을 내밀었다. 버스가 커브를 돌아야 하는 길옆으로 남루한 차림의 할아버지 한 분이 자전거를 끌고 가고 있었다. 자동차가 옆에 있는지 어쩐지 아랑곳없이 하염없이 느린 걸음으로.

버스 운전사는 경적을 울리지도, 창을 열고 소리치지도 않았다. 할아버지가 버스 곁을 지나는 그 느리고 오랜 시간을 기다리고 있었다. 거의 '천년처럼 느껴지는' 시간이 흐른 뒤 할아버지는 버스 곁을 지나갔고, 드디어 버스는 움직이기 시작했다.

여전히 느릿느릿 걸어가는 할아버지의 뒷모습을 물끄러미 바라보았다. 엉뚱하게도 〈헌화가獻花歌〉가 떠올랐다.

자줏빛 바위 가에

잡고 있는 암소 놓게 하시고,

나를 아니 부끄러워하시면

꽃을 꺾어 바치오리다.

신라 시대 아름다운 수로 부인에게 벼랑 위에 핀 꽃을 꺾어 바치며 노래를 불렀던 노인. 몰고 가던 소도 잊고, 자기 나이도 잊고 노래를 부른 당당한 노인이 남루한 차림으로 자전거를 몰고 가는 노인과 겹쳐졌다.

사실 조금 전 내가 본 풍경은 몹시도 낯설었다. 천년처럼 느꼈으나 실은 불과 이삼 분도 안 될 그 짧은 시간에 내 안을 휘젓고 간 것들은 온갖 폭력이었다. 버스가 내 갈 길을 막고 있을 때, 즉각적으로 올라온 건 짜증과 조바심이었다. '저 할배는 귀가 먹었나? 좀 비키지', '저 운전사는 왜 경적도 울리지 않는 거지?', '아, 더워, 왕짜증……!' 노인에 대한 경멸. 공감이나 연민이 자리할 곳 없는 내면의 황폐함. 난 언제나 운전을 하면 조급하고 참을성이 없어진다.

그런 내게 갑자기 〈헌화가〉를 부른 노인이 떠오른 이유가 무엇이었을까? 저녁때 자리에 누워서야 비로소 그 이유가 잡힐 듯했다. 하염없이 꾸물거리며 자전거를 끌고 가던 노인이 내 안에서 '존재 전환'을 한 것이었다. 답답하고 귀찮은 존재가 아니라 유유자적, 평온하게 자기 길을 가는 존재로. 그래서 〈헌화가〉 속 아름다운 노인과 겹쳐진 거였다.

그런데 노인을 그토록 다른 존재로 전환시킨 건 바로 버스 운전사가 노인을 대한 태도였다. 그가 노인의 속도를 존중한 덕분에, 경적을 울리거나 소리치며 노인을 다그치거나 주눅 들지 않게 한 덕분에, 그 노인은 자기다움을 지킬 수 있었다. 그래서 내게 거추장스러운 노인네가 아니라 '자기답게' 살아가는 온전한 존재로 '다시 보인' 것임을 이해했다. 부끄러움으로 몸이 오그라들었다.

모든 것이 젊은이 중심으로 돌아가는 사회, 그 젊음이란 것이 실은 생산성이라는 잣대로 계산되는 사회에서 늙음은 쓸모없음으로 등치된다. '빨리빨리' 무언가를 성취해야 하는 세상에서 생산하지 않는 자는 무용지물이 되고 만다. 파울 투르니에Paul Tournier는 서구 사회의 비인간적인 면을 꼬집으며 이렇게 말했다.

"노인은 더 이상 생산자가 아니라 오직 인간이라는 점에서만 가치를 지니는 존재기 때문에 무시되고 폄하된다."*

버스 운전사가 그러했듯 한 존재를 '있는 그대로' 받아들일 수 있을 때 노년은 자연스럽고 존엄할 수 있다. 삶은 존재한다는 것 그 자체만으로도 위대한 것 아닌가.

* 파울 투르니에 지음, 강주헌 옮김, 《노년의 의미》, 포이에마, 2015, 83쪽.

부지런함과 바쁨

삼월이 되면 생명들 올라온다. 땅에서 올라오고, 나무 끝에서 피어난다. 멀리서 본 단풍나무 끝이 붉다. 저 붉은 눈들, 조금 지나면 연두 잎으로 피어날 것이다. 계절에 따라 자연은 부지런히 자기 길을 간다. 자연의 순환을 보며 부지런함과 바쁨의 차이를 배운다.

부지런함은 행위의 결과를 급하게 생각하지 않는 것이다. 일 년 농사와 같다. 쉼이 있고 평화가 있다. 때에 맞추어 자기 길을 간다. 질 때 지고, 필 때 핀다. 부지런함에는 움직임과 머묾, 일과 휴식이 함께 있다. 시간의 흐름에 따라 쌓인다. 바쁨은 눈앞에 나타나는 결과물에 집착하는 것이다. 나의 존재 자체가 부지런하게 행동해 '누리는' 게 아니다. 쌓이는 게 아니라 흩어진다. 그러니 불안하고 쉼이 없다.

우리 대부분은 부지런한 게 아니라 바쁘다. 시간의 축적이 내 안에 쌓이지 못하고 결과물에만 빠져 현혹되어 간다. 스마트폰 화면이 바뀌듯 시간을 견디지 못한다. 조급증에 시달린다. 이거 하다 저거 하고, 저거 하다 이거 하고, 무언가를 끊임없이 한다. 경쟁적 욕망에 시달린다. 바쁜 게 자랑이다.

해마다 부지런한 봄을 어찌나 바쁘게 맞이했던가? 자연의 경이로움을 지켜보는 내 마음은 조바심으로 분주하기만 했다. 백화점 물건 소비하듯 이 꽃 바라보다 저 꽃 쳐다보고, 더 멋진 꽃을 향해 남들보다 빨리 달려가려 했다. 조급한 욕망으로 시달렸다.

이제는 나도 부지런하게 봄 자연을 누릴 수 있을까?

계절에 따라 자연은 부지런히 자기 길을 간다.
자연의 순환을 보며 부지런함과 바쁨의 차이를 배운다.

24시간 편의점 청년

청년은 늘 그 자리에 서 있다.

바코드를 찍고, 동전을 내어주며.

나는 컵라면이라든가 삼각 김밥이라든가

수고 없이 먹는

편리한 음식들을 사러 그곳엘 간다.

그곳은 24시간 밝은 세상

무엇이든 다 파는 세상이다.

형광등 불빛이 백색의 전제적 지배를 완성한

한 귀퉁이 청년은 서 있고

나는 그가

어제의 청년인지

한 달 전의 청년인지,

아니면 오늘의 청년인지
알지 못한다.

나는 사야 할 물건들은 고개 숙여 유심히 바라보고
유통기한을 꼼꼼히 살피지만
단 한 번도 그 청년과
눈을 맞춰 본 적이 없다.

그가 유통기한이 끝나 어디론가 폐기되고
새로 유입된 신상품 청년이
전능한 형광등 불빛 아래 창백히 서 있는지 어쩐지
나는 알지 못한다.

눈 맞춤은 존재가 존재를 알아보는 최소의 몸짓이다.
눈 맞춤은 존재가 존재에게 보이는 최소의 윤리다.

청년은 늘 그 자리에 서 있다.

청소 노동자 종숙 씨

"일을 하다 보면 물건들의 세계나 느낌이 고스란히 느껴져요. 그런 느낌 한 번 느끼면 그걸 느끼기 이전 세계로 돌아갈 수가 없어요. 누굴 위해서 한다가 아니라 물건을 다루면서 물건과의 교감, 물건이 나를 만나면서 함께 만들어내는 정갈함, 경건함, 그런 거요. 수건 하나, 시트 한 장. 깨끗하게 세탁된 수건을 걸 때 몸이 떨려요. 청소가 얼마나 경건한 행위인지……. 뭐랄까요. 이 시점에서 만난 삶의 신비라 해야 하나요. 오늘 강의에서 말한 '일상의 성화'라는 게 그런 게 아닐까 싶어요."

'논어에서 동학까지, 사람다움의 길을 묻다' 강의에 온 종숙 씨.

'도시 빈민 노동자'로 살다가 얼마 전 귀촌했다. 당장은 한 연수원에서 청소 노동자로 일한다. 다섯 명이 할 일을 세 명이 하니 일이 과했다. 다리가 움직이지 않아 병원엘 갔더니 허리 협착이라고 했다. 쉴 수가 없어 몇 번 시술하고 주사 맞으며 계속 일했다. 이번엔 온몸에 발진이 일었다. 피부과에서 극심한 과로로 인한 것이니, 절대 안정하고 쉬라고 했다. 쉴 수가 없어 계속 일했다. 그런 과정을 거쳐 이제는 일이 몸에 좀 익었단다.

청소의 기쁨을 안다. 마당을 쓸고 났을 때, 대빗자루 선명한 텅 빈 마당의 정갈함, 방을 정리했을 때 물건들이 제자리에 놓인 맑은 방의 서늘함. 내가 하는 일에 정성을 기울이면 그 결과로 달라진 주변이 대견하고 아름답다. 성취의 기쁨이기보다는 달라진 대상 자체에서 느끼는 아름다움이다.

내가 정성 들인 대상에서 느끼는 기쁨은 다양하다. 봄에 씨앗을 뿌리고 매일 물을 주고 일주일이나 보름을 기다려 조그마한 싹이 땅을 밀고 올라올 때, 비 온 뒤 마당에 올라오는 수북한 풀들을 뽑아 정리했을 때, 늙은 개의 눈곱을 떼어 주고 엉클어진 털을 가지런히 빗겨 주었을 때, 그릇을 마른 행주로 닦아 선반에 올려놓았을 때, 이불을 네 귀퉁이 맞추어 정갈하게 개었을 때……. 그러나 많은 경우 우리는 일상에서 하는 일에 정성을 기울이기가 힘들다. 단지 반복되는 지루한 일로 여긴다. 아무런 자기 인식 없이 일을 하면 백날을 해도 그 일에서 감동을 느낄 수 없다.

종숙 씨에게 느끼는 경이로움은 그의 기쁨이 열악한 조건의 밥벌이 노동에서 온다는 데 있다. 평온한 일상에 정성을 기울이기도 쉽지 않은데 그는 자기가 하는 힘겨운 노동에 정성을 바친다. 가혹한 노동의 고통 속에서도 잃지 않는 삶의 태도다.

"주방에서 산더미 같은 설거지를 하고 지쳐 쓰러질 것 같다가도 당근이나 파 같은 음식 재료들을 씻다 보면 다시 힘이 나요. 당근이 얼마나 단단한지요, 붉고 당찬 생명이 내 손에 가득 잡힐 때 나도 당차게 힘이 나지요. 파를 씻을 때도 그래요. 파의 흰 부분이 연둣빛으로 변하다가 진초록이 되는 색의 변화가 아름다워요. 오징어를 다듬을 때 손에 찰박찰박 잡히는 그 느낌도 살아 있어요."

도시의 주방에서 일하는 고되고 바쁜 시절에 그가 했던 말이다. 타 존재와의 일치, 자신의 경계가 사라지는 기쁨. 자신이 하는 일에 오롯이 마음을 다한 자가 아니면 알 수 없을 기쁨이고 아름다움이다.

그는 스스로를 '도시 빈민 노동자'라고 칭했다. 그 정체성으로 살고, 그 삶에도 아름다움이 있다는 것을 이야기했다. 자신의 노동을 부끄러워하지도, 특별하게 생각하지도 않았다. 가난이나 노동을 벗어난 다른 삶을 기웃거리지 않았다. 자신의 삶을 책임지고 정성스럽게 살아가는 사람이 갖는 자존. 그의 삶에서 느껴지는 경이로운 품격이다.

새벽 다섯 시에 일어나 하루 종일 일하는 고택의 종부님이 "일이 고되고 힘들기만 하면 어떻게 해요? 일 속에 틈틈이 기쁨이 있답니다"고 웃을 때, 밭에서 쓰러지면서도 "이게 내 사는 기다"며 해종일 호미질을 하고 북을 돋우는 할머니의 모습에서, 또 다른 종숙이를 본다. 몸의 힘, 몸의 기쁨을 아는 사람들이다. 종숙이들이 자신의 노동에서 느끼는 기쁨은 예술적 창조의 기쁨과도 같다. 자신의 노동으로 달라진 존재에게 느끼는 대견함과 아름다움. 그 존재와 하나가 되는 자기 확장, 그 감동으로 그는 자기 변화에 이른다. 배를 땅에 깔고 몸으로 일구어내는 변화, '일상의 성화聖化'라는 고귀하고 아득한 경지에 이른다.

유월의 끝, 부끄부끄 콘서트에 가다

'진아 온 연수의 부끄부끄 콘서트'에 갔다. 환경학교의 살롱인 '살롱 드 봉강'(봉강 마을에 있는 살롱)에는 벌써 사람들이 꽉 차 있다. 귀농 귀촌한 사람들이 폐교된 학교를 살리더니 그곳에서 늘 무엇인가를 한다. 목공을 하고, 노래를 부르고, 텃밭을 가꾸며, 토종 볍씨를 지키고, 바느질을 하고 빵을 굽는다. 자발적으로 모이고 일하며 즐겁게 살아간다.

오늘 노래하는 사람은 유명 가수가 아니다. 오래전 귀촌해서 노래와 연극을 하며 지역 사람들과 예술로 만나는 삶을 살아온 두 여자다.

들어서니 연수가 이야기 중이었다.

'언젠가 무위로 살 수 있으면 좋겠다. 하지만 지금은 뭔가를 계속 하고 싶고, 안에서 무언가가 올라온다. 갱년기를 겪는 것 같다. 쓸쓸하다. 같이 노래하는 진아는 가족이다. 동거인이 아니라 우리 나름의 가족. 함께 노래 부르며 서로를 격려하고 힘든 시간을 지나온 것 같다.' 정확한 기억은 아니나 이런 이야기.

두 사람은 이혼하고 아이 키우며 살다가 몇 년 전부터 함께 살고 있다. 연수는 자신들을 가족이라고 했다. 우리가 가족이라는 말로 상기시키는 게 무엇일까? 세상의 유일한 피난처이자 안식처? 삶의 베이스캠프? 따뜻함? 어떤 경우에도 믿어 주는 신뢰? 계산 없는 사랑?……. 이른바 '정상' 가족은 많은 경우 그 기대를 저버린다. 우리가 기대하는 가족과 현실의 간극은 가족이라는 말을 점점 신비화하거나 무화無化하고 있는지도 모른다. 평범한 '따뜻한 가정'은 근대 부르주아사회의 유토피아적 이상일 뿐 역사는 어느 시절에도 그런 가족은 거의 존재하지 않았다는 걸 보여 준다. 삶의 쓰라림을 겪은 두 여자가 가족이라는 이름으로 만들어 가고 싶은 관계는 어떤 것일까? 스스로의 간절함에 목이 메는데 진아의 이야기가 들려온다. 진아는 부끄러움과 긴장을 겪어내기 힘들어하면서도 노래를 하고 싶은 자신에 대해 이야기했던가. 긴장되어 연수 언니를 많이 괴롭혔다고도 했다.

두 사람의 노래가 좋았다.

진아가 《얀 이야기》라는 어른을 위한 동화를 낭독하고는 노래를 불렀다. 노래 한 곡이 끝나면 다시 읽고, 또 노래하고, 읽고. 처음 불렀던 노래는 〈그대가 꽃인 줄 모르고〉다. 연수가 연극할 때 작곡한 노래란다. 슬픈 듯 아름다운 멜로디다. 이상은의 〈새〉, 〈삶은 여행〉 등 여러 곡을 불렀다. 난 〈코스메틱 댄서〉가 좋았다. 연수가 번안했는데 영화 〈빌리 엘리어트〉에 나오는 곡이다. "나는 태어나기도 전에 춤을 추었지"라는 가사가 저절로 신이 나게 했다. 나도 배 속부터 춤을 추었다면 얼마나 좋았을까? 마지막 곡은 시인과 촌장의 〈좋은 나라〉. 이 노래를 부르며 연수는 눈물을 흘렸다. 5·18 때 불렀던 노래란다.

노래는 두 여인의 자기 고백 같았다.

슬프면서 따뜻하고, 열정적이었다.

열정 중에 슬픈 열정만큼 아름다운 게 있을까.

노래를 들으면서 살롱 창밖의 키 큰 나무들과 어두워지는 푸른 하늘을 바라보았다. 그리고 곁에 있는 사람들의 온기와 소곤거리는 이야기 소리를 느끼고 들었다. 홍대 앞에서 인디 밴드로 활동하다 고향으로 돌아와 농사를 짓고 살롱을 운영하는 진영의 샌드위치는 맛나고, 열심히 먹는 머릿결 검은 아이들은 사랑스럽다.

작가이자 사회운동가인 더글러스 러미스Douglas Lummis는 '진정 풍요로운 삶'에 대해 논하며 경제발전이 아니라 '대항발전'을 이야기한다. 텔레비전을 켜고 문화를 보는 게 아니라 스스로 문화를 창조하는 것, 기계로 음악을 듣는 게 아니라 악기를 다루고, 직접 춤을 추거나 연극을 만들면서 살아 있음을 즐기는 능력을 기르는 것이 진정한 삶이라고 말한다.*

숱한 유혹과 불안에 휩싸인 어두운 숲을 헤치고 마을까

* 더글러스 러미스 지음, 최성현·김종철 옮김, 《경제성장이 안 되면 우리는 풍요롭지 못할 것인가》, 녹색평론사, 2002.

지 와 '살아 있음을 즐기는 능력'을 몸에 익히는 사람들이 함께하는 자리. 시간이 흐르는 소리를 들은 것 같다. 아름다운 시간, 유월의 끝이다.

‘썩지 않는’과 ‘썩을 수 없는’

작년 봄에 캔 양파가 올봄까지 썩지 않고 바구니에 있다.

작고 단단한 양파를 손에 쥐니 그 생명감이 야무지게 전해져 온다.

결코 호락치 않다. 작은 양파가 자기 위엄을 지킨다.

땅 힘으로만 자라, 작고 볼품은 없으나 과장이 없는 단단한 양파는 화학비료 먹고 부은 듯, 뻥튀기한 듯이 자란 커다란 양파와는 확실한 차이가 있다. 비료로 부풀린 양파는 쉽게 썩고 문드러진다. 물렁하고 맥없는 생명이다. 제 생명을 생명대로 살지 못해 무너진 자의 안쓰러움이나 너절함을 보는 듯하다.

잘 썩지 않는 양파와 쉽게 썩는 양파를 보면서 사람도 그렇겠다 싶다.

뻥튀기하듯 과장된 몸짓으로 살아가는 생명에서는 진

정성 어린 생명의 위엄을 찾기 어렵다.

'썩지 않는 양파'를 보면서 '썩을 수 없는' 수입 밀가루가 떠오른다.

벌레조차 생기지 못하는 밀가루는 무섭다.

썩지 않는 양파가 생명의 옹골참이라면

썩을 수 없는 밀가루는 파괴된 생명의 황폐함, 독기毒氣다.

사람도 그런 것 같다.

작은 양파처럼 썩지 않는 단단한 정신을 지닌 사람과

방부제 친 밀가루처럼 썩을 수조차 없는 사람이 있다.

아예 생명력이 거세된 듯한 사람,

생명의 촉촉함이 사라지고 따뜻한 피와 살이 느껴지지 않는 기계 같은 사람.

그런 사람이 점점 늘어난다.

세상이 그런 사람을 자꾸 만들어내고 있는 듯하다.

두려운 일이다.

존재의 시간을 먹다

요즘 맛있는 거 찾아다니는 게 일종의 유행이다. 미식 여행을 하고, 미식에 관한 글 또한 많다. 맛있는 거 먹는 게 삶에서 큰 자리를 차지하게 되었다. 그런데 음식을 먹는다는 게 뭘까? 그 근원적인 질문을 던지는 이는 보기 어렵다.

음식을 먹는다는 건 존재의 시간을 먹는 것이다. 맛있는 배추는 그 배추가 살아온 시간의 밀도가 높음을 뜻한다. 화학비료로 빨리 크게 키운 몸은 퍼석하다. 단순히 유기농이 몸에 좋다는 말이 아니다. 일 년 동안 같이 살아도 스스로 뿌리를 내리고 자기 힘으로 살아온 것과 비료 먹고 자라난 것은 다르다. 절실한 시간의 차이다. 자기 힘으로 밀도 높게 자란 생명은 맛있고, 그 생명을 먹은 내 생명이 산다.

감각적 차이도 크다. 비료 주어 키운 식물은 맛이 없다. 덕德 없는, 맛없는 재료를 덕이 있게 보이려면 꾸며야 한다. 재료 자체의 시간성이 얄팍하기 때문에 그 약점을 가리기 위해 들어가는 게 양념이다. 과도한 양념으로 꾸며낸 음식은 양념을 빼 버리면 차마 먹기가 어렵다.

민물 매운탕은 민물고기의 시간을 먹는 거다. 민물고기 특유의 흙 비린내가 나야 한다. 양식을 해 존재의 시간성을 죽이니, 그 존재의 특성이 드러나지 않는다. 그래서 양식한 민물고기로 끓인 매운탕은 양념 덩어리일 뿐이라 먹어도 감각적으로 남는 게 없다. 먹는 존재와 어떤 교류도 일어나지 않는다. 그저 기호를 먹는다. 잠시 입맛으로 끝나지 존재의 시간성이 내 안에 축적되지 않는다.

존재를 먹는다는 건 시간을 먹는 것이다. 이럴 때 같은 존재인 내 시간성이 깊어진다. 식물이나 민물고기는 땅의 시간이 깃든 존재다. 이들이 존재의 특성을 갖추도록 성장하려면 지루한 시간을 견뎌야 한다. 그런데 지루한 시간을 견디도록 놓아두면 상품화할 수가 없다. 상품화하려면 빨리빨리 키워야 한다. 들여야 할 시간을 들이지 않으려고 하는 것이 자본주의 문명이다. 시간을 덜 들일수록 막대한 이윤이 남는다.

어린 시절 맛있었던 것을 어른이 되어 찾기 힘든 이유 중 하나는 그 시절의 재료들이 없기 때문이다. 내 주변이 다 플라스틱처럼 얄팍한 것들로 채워지니 내 삶도 얄팍해진다. 뭔가가 그립고, 뭔가를 바라지만 뭘 찾는지 모른다. 그러니 계속 새로운 것을 찾는다. 맛에 대한 갈망은 있으나 그게 충족되지 않는다. 아무리 돌아다니며 맛있게 먹어도 내 삶의 덕성을 길러 주지 않는다.

'시간을 먹는 것', '한 존재 전체를 먹는 것'은 건 묵직한 행위다. 전 존재를 거는 행위다. '기적의 사과'* 맛은 시간의 맛이다. 절실한 맛을 보았을 때 내 기억과 몸이 달라진다. 절실한 기억을 갖게 된다. 온몸으로 전율이 오는 일이다.

밥은 삶의 처음이자 끝이다.

* 일본의 농부 기무라 아키노리가 재배한 무농약 사과이자 책 이름.

고통의 언어

"전쟁의 핵심 중 한 가지는 고상하고 긍정적인 '언어'가 하나도 없다는 사실이다. …… 군인들이 침묵에 빠지는 진짜 이유는 자신들이 입 밖으로 내야 하는 기분 나쁜 이야기에 크게 관심을 갖는 사람이 없다는 사실을 알아차렸기 때문이다. 가슴이 미어지고 덜덜 떨리는 기분을 굳이 느끼고 싶은 사람이 누가 있을까? 우리는 '말할 수 없는'이라는 말의 의미를 '형언하기 힘든'의 뜻으로 만들어 버렸지만 그 말의 진짜 뜻은 '지독히 끔찍한'이다."**

아우슈비츠의 비극을 겪은 프리모 레비Primo Levi도 자신의 경험을 늘 검열해서 드러내야 했다. 듣는 자들을 고려해야 했던 것이다.

** 베셀 반 데어 콜크 지음, 제효영 옮김, 《몸은 기억한다》, 을유문화사, 2016, 383쪽. 폴 퍼셀, 《대전쟁과 현대의 기억*The Great War and Modern Memory*》에서 재인용

가정폭력이나 성폭력을 당한 경험들 또한 언어화하기 어렵다. 그 말들 역시 전쟁의 언어다. 일상에서 늘 일어나는 전쟁이다. '지독히 끔찍한' 언어다. 차마 듣기 어려운 말. 약자의 말들이 침묵당할 때, 언어는 '가진 자들', '힘 있는 자들'의 것이 된다, 지금까지 그래 왔듯이.

고통과 지리멸렬을 떠난 삶이 있을 거라고 믿는 한 우리는 햇살 가득한 말/글만을 듣기/읽기를 원할지도 모른다. 그러나 삶은 '어쩌다 햇살'일 뿐이다. 오랜 친구의 말대로 '한자리에서 반복하며 계속 표류하는' 게 삶일지도 모른다. 그러다 자기도 모르게 원하는 어떤 곳에 도달해 있기도 하는 것. 그런 삶을 외면하지 않고, 겪으려 할 때 우리에게 고통의 언어는 절실하게 살아나지 않을까?

여성들의 경험이 잘 드러나지 않거나 드러나더라도 사적인 것으로 치부되며 외면당하는 것도 같은 맥락이다. 사회적 약자의 삶은 고통스럽다. 그것도 지리멸렬하게 말이다. 그 지리멸렬을 더 이상 외면하거나 개인적인 것으로 치부하지 않을 때, 변화는 오지 않을까.

쉬운 희망의 언어보다 힘든 절망의 언어, 거대하고 그럴듯한 담론보다는 작고 사소한 일상의 언어, 위대한 세계관

보다는 섬세한 '세계감世界感'* 이 우리에게 '더 건강하다'는 것을 이제는 좀 알게 된 나이를 살고 있다.

* 이문재, 《지금 여기가 맨 앞》, 문학동네, 2014, 5쪽, '시인의 말'에 나오는 개념.

말을 묻다[埋]

요즘 세상 어디서나 들리는 건

아름다운 말, 고귀한 말이건만

이상도 하지

삶은 더 싸구려 같아지니 말이야.

술도 안 취한 맨송맨송한 얼굴들로

정의로운 말, 그윽한 말

유려하게 내뱉지만

이상도 하지

가슴은 더 헛헛해지니 말이야.

너와 나눈 풍성한 말잔치 뒤에

풀 한 포기 자라지 않으니 말이야.

겨울밤 화로 깊이 묻어 둔

속 불씨 같은 말
별처럼 높이, 저 멀리에 두고
기다리는 말.

말이 사라진 세상에서
온갖 빈말들이 쏟아져 나와
텅 빈 탑을 세우네.

오, 말의 무덤
나의 몸.

모든 것이 상품화된 세상에서는 말도 상품화된다. 물건 포장하듯 실천과 상관없는 말을 소비한다. 명품 쓰듯 고귀한 언어를 소비한다. 짝퉁 물건 쓰듯 짝퉁 언어를 쓴다. 이상적 언어는 인간이 이상으로 놓고 추구하는 어떤 귀한 것, 함부로 써서는 안 되는 것인데 함부로 써서 싸구려가 되어 버렸다. 언어를 절실히 사는 것과 언어를 상품으로 소비하는 건 다른 일이다. 겪지 않으면 나오지 않는 언어, 사태와 나 사이에 뭔가 끼어들지 않은 언어, 광고가 들어와 왜곡시키지 않은 언어가 있다. 말의 향기, 말의 신성함을 되찾고 싶다. 말이 '망치'가 되거나 '연인'이 되는 일을 '겪고' 싶다.

함께 쓰는 글은 힘이 세다

1

《밥하는 시간》의 저자가 되어 여러 곳에서 다양한 여성들을 만났다. 그 자리에서 대부분 여성들은 울었다. 글을 읽다가 울고, 자기 이야기를 하다가 울었다. "당신의 이야기를 읽다 보면 내 이야기가 나온다"고 말했다. 그 이야기가 울음이었다. 여자들에게 자기 이야기를 할 자리가 필요하다는 걸 절절하게 느꼈다.

그래서 글을 쓰자고 했다, 자기를 탐구하는 글을 쓰자고. 글쓰기의 기술이 아니라 자기를 탐구하는 방법을 익히자고. 자기와 직면할 각오가 있냐고, 정직하게 자신과 만나고 싶으냐고 물었다. 고개를 끄덕이고 손을 내민 여자들의 공통점이 있었다. 마흔 초반에서 이제 막 쉰이 되어 가는 나이, 그들은 중년기라는 삶의 전환기를 통과하고 있었다.

두 주에 한 번씩 다섯 달 동안 글쓰기를 했다. 그건 하나의 글감이나 주제를 가지고 보름 동안 시간과 마음을 글쓰기에 온전하게 모으는 일이다. 매일의 일상 속에 배경처럼 글쓰기의 주제를 깔고 살아야 하고, 글에 몰두해야 한다. 책을 읽고, 일기를 쓰고, 술하게 쓰고 다시 써, 겨우 마감한 글을 구성원 모두가 보는 공개된 밴드에 올려야 한다. 그것이 글쓰기를 한 사람들의 일이었다.

글쓰기를 안내하는 사람인 나는 자기 탐구의 목적을 명확하게 해야 했다. 자기를 탐구해서 어디에 이를 것인가? 중년기는 지금까지 살아온 삶과는 다른 삶의 문법을 개척해야 하는 시기다. 삶의 정오가 지난 것이다. 삶에서 떠나보내거나 통합해야 하는 것, 새롭게 발견해야 하는 것들을 바라봐야 하는 나이다. 해결하지 못한 과거의 정서적 과제를 다루고, 젊은 시절의 욕망이나 환상의 횡포에서 벗어나야 한다. 자신의 나약함과 한계를 인식하는 고통스런 과정이기도 하다. 내가 창조와 파괴성을 동시에 지닌 존재임을 아는 일은 삶의 비극적 감각을 익히는 일이다. 이 감각은 불행이나 실패가 단순히 외부에서 오는 게 아니라 나 자신의 비극적 결함 때문에 생긴 것이라는 점을 깨달음으로써 온다. 비극의 주인공들은 자신의 운명을 자신이 만든다. 우리도 마찬가지다. 그런 고통스런 깨달음을 통해 삶을 새로운 시선으로 바라보고 성숙해야 하는 것이 중년의 과제다.*

글쓰기를 시작하는 날, 청계清溪마을의 이른 아침을 잊을 수 없다. 오월의 푸른 날, 간밤의 비로 촉촉해진 풀과 나무들, 산속 공기는 태초의 것인 양 신성했다. 세상에서 조금 떨어져 나를 바라볼 수 있는 공간에서 산책하고, 새로운 이름을 정하고, 왜 글을 쓰고 싶은지 쓰고 말했다. 말이 흔들리고 눈물이 떨어졌다. 글쓰기의 이유는 제각기 달랐다. 기대와 설렘부터 고통과 혼란의 외침까지 담겨 있었다.

두 주 동안 각자 글을 쓰고 토요일 아침 일찍 만났다. 명상으로 시작해 글쓰기의 고전 같은 책의 구절을 돌아가며 읽고, 자신의 글을 나누었다. 제각기 살아온 삶도 다르고

* 중년기에 대한 내용은 대니얼 레빈슨 외 지음, 김애순 옮김, 《남자가 겪는 인생의 사계절》, 이대출판부, 1996 참조.

현재 처한 상황도 다른 다섯 사람이 과연 어디까지 자신을 직면하고 드러낼 수 있을까? 상처와 오해를 받을 수도 있는 현장에 자신을 세우는 일은 위태로운 일이기도 했다. 비로소 내가 얼마나 어려운 일을 시작했는지 깨달았다. 이 글쓰기가 성공할 수 있을까? 정직하게 자신과 만날 수 있을까?, 고통을 헤집다가 오히려 어둠 속에 갇히거나, 더욱 혼란스러워지거나, 여전히 막막하거나…… 그러면 어쩌지? 더럭 겁이 나기도 했다. 더구나 나는 스스로를 어떤 자리에 세운 건가? '너 자신을 더 깊이 봐.', '너의 단단한 벽을 봐.', '너의 환상을 보고, 너의 어리석음을 보라고!', '언어 뒤로 적당히 숨지 말라고!', 냉정하게 밀어붙이는 자리에 나를 세웠으니 말이다.

글쓰기를 진행하면서 알게 된 게 있다. 같이 쓰는 글은 힘이 세다! 모두 서로의 글에서 자기를 본다. 타인의 아픔에서 자신의 아픔을 읽고, 타인의 나약함과 모자람이 자신의 것이라는 걸 알게 된다. 누군가의 평안과 성숙을 배우고, 누군가의 정직한 고백에 함께 웃고 운다. 수치심으로 쪼그라들어 있는 누군가의 이야기가 여성인 우리 모두가 겪은 일임을 깨닫게 되고, 자신을 믿을 수 없어 혼란스러워 하는 누군가를 보며 그게 모두의 혼란임을 이해하게 된다. 타인의 고백을 들으며 나의 글이 깊어지고, 타인의 상처로 나의 상처를 되비치며 더 깊이 자신 속으로 들어간다.

다들 참 많이 울었다. 글을 읽으며 울고, 들으며 울고, 말하다 울고, 바라보다 울고, 울다가 웃고……. 눈물의 절정은 죽음을 다룰 때였다. 자신의 유서를 읽으며 울고, 다른 이의 유서를 들으며 울었다. 그래서일까, 죽음 뒤의 '미래 자서전'이 그토록 생생하고 아름다웠던 것은.

신기하게, 아니 당연하게도 글쓰기의 후반으로 갈수록 각자의 색깔은 선명해졌고, 자신을 찾아가는 힘 또한 커졌다. 나의 불안은 기우였다. 글쓰기 장場의 힘, 함께하는 사람의 힘, 공간의 힘, 모든 역동들이 함께했다.

> 어릴 적의 나를 만나, 수치심을 이겨내고 힘든 고백을 하며 자유로워졌다. 엉켜 있던 감정의 실타래를 풀었다.

다른 이의 글에서 힌트를 얻어 오랜 상처에 연고를 바르고 일상의 갈등을 좀 더 일찍 알아차릴 수 있게 되었다.

–B

몸으로 하는 첫 졸업 같아 눈물이 난다. 자신을 지키려고 했고, '너를 더 보여 달라'는 호소를 듣기도 했지만 언젠가 스스로 나의 방에 불을 켜는 날이 올 거란 믿음이 생겼다. –Y

잘못 산다고 혼나는 것 같았고, 단단한 나의 성이 밀어 붙여졌다. 여전히 꽁꽁 싸매고 있지만 자기 대면의 첫발을 내딛은 것만으로도 기쁘다. 타인의 글과 삶에 공감할 수 있으리라는 희망을 얻었다. –S

글쓰기가 더해질수록 '나 불안해요, 외로워요'를 더 크게 이야기할 수 있었다. 지금 할 수 있는 것에 더 많이 집중할 수 있게 되었고, 자기 직면을 통해 자유로움을 얻었다. –N

산을 하나 넘은 것 같다. 나 자신에게 박수를 쳐 주고 싶고, 너무도 소중한 삶의 보물지도를 얻었다. 동무들이 살아온 사랑스러운 삶들은 아끼고 사랑하는 책이 되었다.

-J

수행하듯 글쓰기를 닦은 이 시간의 밀도는 얼마나 높았던 것일까? 다섯 달 동안 자신에게 몰두해서 자신을 보고, 글로 쓰는 일은 결코 쉬운 일이 아니다. 지치거나 포기할 수도 있다. 그런데 모두 끝까지 진지하고 치열하게 자신과 만났다. 그 힘에 나 또한 고무되었다. 탐험가이자 방랑자, 구도자의 시간을 보낸 다섯 여자가 자기답게 꽃피는 것을 지켜본 기쁨과 벅참의 순간들을 나누고 싶다.

2

다섯 번의 낭독 공연이 있었다, 카페와 찻집, 요가원과 소극장에서. 글쓰기를 하는 일과 공연으로 올리는 일은 또 다른 일이었다. 낭독한 사람들은 또 다른 용기가 필요했다. 글쓰기를 할 때는 자신과 직면하는 용기가 필요했다면, 이제는 타인 앞에 자신을 드러내야 하는 용기가. 그건 오해받고, 상처 받을 용기이기도 했다.

들은 여자들은 말했다. "참 용기 있어요", "멋져요!", "정말 사랑이 많은 분들이에요", "무한 감동이어요", "뭉클했어요!", "부러워요, 나도 이런 연대가 필요해요"…….
많은 이들이 울었다. 낭독을 들으며 울고, 낭독자를 안고 울었다. 그래, 많이들 안았다. 눈물 그렁한 눈으로 서로를 안고 보듬었다.

만남이라는 게 몸 없는 이모티콘처럼 허전해져 가는 세상에서 아픔과 실패, 좌절을 이야기하는 이 만남은 특별하다. 먼저 자기 상처를 드러내면 서로가 그 상처를 공유하고 있음을 알게 된다. 경험의 보편성이 있는 거다. 내 상처는 나의 것만이 아니라 이 시대를 지나는 우리 것이기도 하다. 상처와 아픔에게 정확한 이름을 주고 햇빛에 드러내면 그건 더 이상 상처도 아픔도 아니다. 나를 키운 소중한 경험이고 빛나는 자원이다.

나는 기대한다. 평범한 여자들이 자기 이야기를 진솔하

게 할 수 있는 자리들이 마련되기를. 글을 쓰고 나누며 자신의 삶을 든든하게 만들어 가는 작은 마을들이 여기저기 생기기를. 남의 삶을 우러러보고, 타인의 욕망을 뒤따르며 초라해지고 공허해지는 대신 내 삶을 깊이 들여다보는 사람들, 나의 삶을 한 땀 한 땀 고귀하게 만들어 가는 정직하고 용기 있는 여자들이 여기저기에서 발견되고, 생겨나기를.

내년엔 또 어떤 여자들의 이야기를 들을 수 있을까, 벌써 기대로 가슴이 설렌다.

똥차에게 경의를!

아침에 시내로 가기 위해 나섰다.

개운못 쪽으로 가는데 중간쯤 어디서 나타났는지

말 그대로 똥차가 가고 있다.

요즘은 보기 드문 차,

앞으로는 볼 수 없을, 분뇨 운반차다.

정화조의 똥을 호수로 빨아들여 싣고 가는

초록색 구닥다리 '○○위생 차량'

그 뒤를 12인승 회색 승합차가 따라가고 있다.

똥차는 느렸다.

승합차가 곧 똥차를 추월할 거라고 생각했다.

'그러면 나도 추월하리라.'

그런데 앞차는 똥차를 추월하지 않았다.

그저 똥차 뒤를 따라갔다.

바쁜 나는 짜증이 일다가

'어라, 이건 무슨 상황이지?' 궁금해진다.

똥차는 무겁고 낡은 몸으로 고개를 넘고,

개운 호수 굴곡진 길을 터덜거리며 달렸다.

그 뒤를 승합차와 나와 내 뒤의 일 톤 트럭이 따라갔다.

구불구불한 시골길을 그렇게 달리고 있자니

왠지 똥차를 추월해서는 안 될 것 같은 마음이 일어났다.

앞차도, 뒤차도 같은 마음일 것 같았다.

똥차를 따라 천천히 그의 앞길을 가로채지 않고 달리는 우리는

운명이 다해 가는 똥차의 오랜 역정을 기억하고

똥차를 격려하는 동지들 같았다.

남루한 창자인 양 구부러진 호스를

등짝 위에 둘둘 감고 재를 넘는 똥차는

'너의 똥이, 너의 절대성이다!'고
마지막 구닥다리 훈시를 하는 듯
덜컥, 덜컥, 덜컥
가래 끓는 소리를 냈다.

외남면 촌에서나 나오는,
건져 올릴 수 있는 귀한 똥을 싣고
똥차는 시냇길로 들어서기까지
외남면민의 수호를 받으며 내려왔다.

사라져 가는 똥차여,
그대에게 경의를!

4장 멈춰 서 깨닫는 것들

삶의 근원 위에서 인간은 다른 생물과 달리
초월적 꽃을 피울 수 있다.
근원에 닿지 못하면 '헛꽃'을 계속 피우게 된다.

감자꽃을 따는 이유

"그 꽃은 다문다문 따 줘야 한다."

감자꽃 환한 밭에서 즐거워하는 내게 하시는 말씀.

"왜요?"

"그래야 알이 실하다, 꽃이 과하면 알이 허하다."

아까운 꽃을 두툼한 손으로 뚝뚝 따는 할매.

꽃이 과하지도 않았는데

알도 실하지 못한 나는

할매 따라 감자꽃을 다문다문 따며 생각한다.

'오호라,

꽃이 너무 화려하면 결실이 부실하다고 꽃을 따다니…….'

감자꽃을 다문다문 따 주는 지혜를 얻어 나눠 주시는 할

머니와

감자꽃을 관상용 원예로 즐기는 나 사이의 머나먼 간극.

삼십 년 동안 삼백 년을 건너뛰며 살아온 대한민국의 간극.

배냇빛 연두와 수의 빛 연두

들판의 벼들이 익어 간다.

물 빠진 논에 서서 가을 햇살 아래 영글어 가는 벼들.

한 세계가 펼쳐져 있다.

봄부터 여름, 그리고 가을에 이르기까지 벼들의 한 생애.

봄 못자리에서 갓 옮겨 심은 모들이 바람과 햇살에 일렁일 때,

갓난아기의 머리털같이 부드러운 연둣빛 배내 웃음이 들판을 가득 채웠지.

그윽한 물속에서 막 깨어나는 연두로 헤헤거리며 가슴을 간질였지.

그 어린 것들 여름 햇살에 어찌나 강렬하게 자라는지

손을 베일 것같이 거칠고 강한 잎들이 진초록 긴장으로

터질 듯하더니

세상에, 언젠가부터 다시 연둣빛으로 되돌아와 있네.

노랑 섞인 연두로 벌판은 다시 부드러운 웃음을 웃고 있어.

봄에 피어나던 연두는 배내옷 같더니,

가을의 사그라지는 연두는 수의壽衣 같네.

벼들의 한 생애가 사람의 한 생애 같기도 하네.

잘 산 인생은 그러하겠지.

연두에서 연두로 가는 인생 말이야.

배냇빛 연두로만 있겠다고 우기면 자라지 못하지.

언제까지나 진초록으로만 있어도 익지 못하지.

여리디여린 연두를 지나,

강렬한 진초록의 세계를 거쳐,

허리 꺾어 다시 돌아온 연두.

수의 빛 연두가 되어야 한 생애 잘 익겠지.

누군가의 한 끼 밥이 되어 줄 수도 있겠지.

가을 햇살 그득한 들판엔 어질고 허한 웃음 넘치네.

코의 불인不仁

"연꽃에 향이 있어요?"

도시의 지인은 서출지書出池 가득한 연꽃 향을 맡지 못했다.

연꽃을 자주 접하지 않아서 향을 못 느끼는 걸까?

나 또한 처음에 연꽃 향을 느낄 수 없었다.

연꽃 향을 맡지 못하는 이유는 단순하다. 코가 막힌 거다. 비염에 걸려서가 아니라 후각이라는 감각기관에 손상이 온 것이다. 계속해서 어떤 냄새에 익숙해져 버리면, 그 냄새가 강렬하다면, 미세한 향을 맡을 수 없는 코가 된다. 섬세하고 여린 향을 맡지 못한다. 고기 굽는 냄새, 술 냄새, 담배 연기, 휘발유, 매연, 진한 화장품, 농약…… 강렬한 냄새에 익숙해진 코는 연꽃 향을 맡지 못한다.

맛도 마찬가지다. 강렬한 미각, 맵고 짜고 시고, 조미료에 길들인 혀는 단순한 맛을 알지 못한다. 소박한 깊은 맛을 알지 못한다. 그래서 '맛이 없다'고 느낀다. 이렇게 물질적으로 문제가 생긴 혀나 코나 위를 한의학에서는 불인不仁, 즉 어질지 못하다고 이야기한다.

어린아이가 우물로 기어가는데 아무런 느낌도 없는 마음이 불인이듯,

그런 기관들은 불인한 것이다.

안 살려고 계속 산다

'살아라!, 네게 부족한 것은 삶이다.'

수년간 입산 수행 끝에 깨달은 사실. 삶의 이상, 위대한 그 무엇을 찾아 계속 헤매면서 삶의 근원에 가닿지 못했다. 삶을 안 살려고 계속 살았다. 삶의 근원은 밥 먹고, 놀고, 잠자고, 일하는 거다. 모든 존재의 일체성一體性이다. '웅이'*나 나나 같다. '그냥 사는 거다.' 그냥 살 수 있어야 존재를 향유할 수 있는데 그러지 않으니 삶을 향유하지 못한다. 삶의 근원 위에서 여분으로 무언가를 해야 하는데 그게 안 되니 '여분'이 삶이 된다. 그러니 늘 불안하다.

삶의 근원 위에서 인간은 다른 생물과 달리 초월적 꽃을 피울 수 있다. 근원에 닿지 못하면 '헛꽃'을 계속 피우게 된다.

* 두 살 된 고양이 이름.

순간의 빛

봄

헌강왕릉 아침 산책길,

소나무 진달래 숲

늙고 검은 소나무들 사이로 반투명 분홍으로 핀 진달래

장엄함과 여림,

늙음과 젊음,

변함없음과 변화무쌍 발랄함이

어우러져 함께 있다.

숲에서 엉덩이 내리고 오줌을 누면

내 안에 여린 냇물 흐르는 소리가 들린다.

청량한 숲의 소리다.

지빠귀 소리도,

오줌 누는 소리도.

여름

소슬한 바람 부는 여름 한낮,

고요가 온 마을을 감싸고 있다.

마당에 내리쬐는 쨍쨍한 햇살을 대청에 앉아 바라본다.

햇살 속에 봉숭아꽃 무리가 붉은 보석처럼 짤랑거린다.

수탉처럼 늠름하게 피어난 백일홍들, 군무를 추듯 바람에 일렁인다.

분홍빛 환幻으로 허공에 퍼지는 자귀나무 꽃,

바람에 흥성대며 노래한다.

"어쩌란 말이냐, 어쩌란 말이냐,

이 아름다움을 어쩌란 말이냐,

이 살아 있음을 어쩌란 말이냐."

나는 온몸을 햇살과 바람에 드러내고

탐욕스럽게 이 여름을 먹고 또 먹고 있다.

가을

햇살이 온몸을 투과하여 내장까지 비출 것 같다.

몸이 햇살같이 맑아진다.

가을 햇살에는 모든 것을 마르게 하는 투명함이 있다.

근심과 걱정이 가을 햇살에 마르는 고추나 가지처럼 말라,

물기 하나 없이 전 존재가 가벼워진다.

바람에 흩날리는 홀씨처럼 무게가 없다.

내 몸은 들에서 말라 가는 벼 이삭이나 수숫대와도 같다.

마르는 꽃들은 죽기보다는 초월하는 듯 빛난다.

이 순간을 나는 신神이라고 느낀다.

천지자연이 신神하고 비秘한 것처럼

내 생명도 그러하다.

겨울

새벽 방 안에 환하고 따스한 빛이 들어와 있다.
아직 해가 뜰 시간이 아닌데 어디서 오는 걸까.
창밖을 내다보니 남산 위에 서쪽으로 넘어가는 보름달이 떠 있다.

밋밋한 능선 위로 둥글게 뜬 달.
어찌나 환한지 방 안 가득 달빛이다!

수만 년을 그 자리에 누워 있는
남산의 능선과
수만 년을 이 계절 이 시간이면
저 능선을 넘어갔을 둥근 달.

차가운 방 안 가득 넘치는 부드러운 달빛 속

백 년도 못 살 내가,

장구하고 신성한 세계와 하나 되는 순간!

할喝과 옹알이

"살겠다고 하는 것들은 다 이뻐!"

김현진의 글* 속에 나오는 청소부 할머니의 말이다. 사람들이 싫어하는 비둘기에게 일정한 시간 먹이를 주면서 하시는 말씀이다. 살려고 하는 것들은 다 예쁘다고. 이 말을 듣는/읽는 순간, 가슴이 서늘해졌다.

작고 마른, 평생 가난했을 청소부 할머니의 입에서 나오는 이 말의 힘은 그 어떤 선승이 일갈한 깨달음의 '할喝'**보다도 울림이 크다. 한마디 말이 천근만근의 힘을 지닌다.

이 말은 말의 힘이 어디에서 오는지 보여 준다. 말은 단지 말이 아닐 때 힘을 얻는다. 얼마나 살려고 애썼으면 살려고 하는 모든 존재가 다 어여쁘겠는가? 할머니의 말은

* 김현진 지음, 《육체탐구생활》, 박하, 2015.

** 사찰과 선원에서 학인을 꾸짖거나, 말이나 글로 나타낼 수 없는 도리를 나타내 보일 때 내뱉는 소리를 이른다.

삶에서 저절로 나온 것이다. 머리를 써서 나오는 관념의 언어가 아니라, 몸에 익어 직접 터져 나오는 말이다. 마치 꽃봉오리가 때가 되면 터지듯, 그 말들도 삶에서 익어 터져 나온 말이다.

나는 할머니들의 말에 늘 감탄한다. 별거 아닌 말인데, 별거인 말. 짧은 말 한마디가 가진 깊은 울림. 그분들의 말, 계속 곱씹게 되는 그 말이 지닌 힘을 믿는다. 그 말은 겪은 자의 말이고 몸의 말이다. 직관의 언어고 지혜의 말이다. 일상의 언어, 여성의 말이다. 때론 내가 관념으로 뭉친 싸늘한 개인주의자라는 것을 뺨따귀 갈기듯 일깨우는 불편한 말이기도 하다.

이분들은 땅에 몸을 기대고 사는 마지막 세대다. 이분들이 가면 우리는 더 이상 땅과 하나가 되어 살던 몸의 언어를 들을 수 없으리라. 무슨 일이 생겨도 밭매고, 밥하고, 청소하고, 일상을 살아가는, 아무리 힘들어도 삶을 긍정하는 그 자세를 후대인 우리가 살아갈 수 있을까.

땅에 기댄다는 이야기는 자연의 순리대로 살아왔다는 이야기이기도 하다. 삶에 순응한다는 말이다. 그러나 우리

세대의 늙음은 순리나 순응과는 거리가 멀어 보인다. 이제 우리는 늙지도 않고, 죽지도 않을 것처럼 살아가고 있다. 인터넷을 떠다니는 저 숱한 '안티 에이징'의 언어들을 보라. 젊음이 그 특유의 개성과 과제가 있듯, 늙음은 늙음만의 개성이 있고, 과제가 있다. 늙어서만 할 수 있는 일이 있는 것이다.

우리 세대는 과거에서 배울 수 없는 첫 세대이기도 할 것이다. 과거를 통해 배울 수 없는 미래가 내 앞에 놓여 있다는 사실은 두렵다. 다가오는 미래는 그리 호의적이지 않은 시간들일 터인데, 본보기가 될 지도조차 없는 노년이라니! 우리의 노년은 자본과 기계문명이 지배할 것인가? 이 세태를 따라가다가는 후세에게 남겨줄 할喝과 같은 언어는커녕 늙은 어리광쟁이들의 '옹알이'나 남기게 될지 모르겠다.

무논

봄이 와 언 땅이 녹기 시작하면 논을 간다. 사월 중순쯤 뻐꾸기 울 때, 부드러운 흙의 살들이 갈아엎어진 너른 들에 물이 대어지기 시작한다. 논의 물은 깊지 않다. 벼 모종을 심어야 하니 깊어야 20센티가 채 안 되는, 땅이 바로 밑에 보이는 깊이다.

무논의 물은 호수나 연못과는 다르다. 호수나 연못이 보이지도 닿지도 않는 심연으로 느껴진다면, 논의 물은 가까이 살[肉]로 다가온다. 내 살과 물이 서로 다정하게 일렁인다. 논과 내 몸의 경계가 흐려진다. 바람결 따라, 빛의 방향 따라 서로 어룽어룽 스며들고 글썽글썽 어루만져진다. 하늘과 산 그림자가 비치면 살과 닿는 얇은 물은 보이지도 않는 크기와 깊이를 갖는다. 끝을 알 수 없는 세계로 확장된다.

논에 그득그득 물이 차 바람에 일렁이고,

햇볕에 탱탱하게 부풀고,

저녁엔 산 그림자를 안고,

밤이면 개구리들이 까마득하게 운다.

이 풍경에는 켜켜로 쌓여 '지금'이 된 시간이 있다. 인간 농경의 수천 년의 시간이 녹아 있다. 그러지 않고서야 온 몸에 스미는 근원적 평화의 정체를 알 수가 없다. 보고 있어도 그리워지는 원형적 그리움을 설명할 길이 없다. 이 깊은 안도감을 이해하기 어렵다.

수십만 평의 너른 무논을 바라보는 일이야말로 세상에서 가장 그윽한 일이라고 생각한다. 아마도 인간이 자신의 생존을 위해 개발해 왔을 그 오랜 시간의 기억, 그 오랜 안심의 기억이 우리 모두의 유전자 안에는 깃들어 있지 않을까, 몸의 기억, 살[肉]의 기억으로.

그 논들이 사라져 간다. 그럼으로써 우리는 자신의 기억을 되비춰 줄 수 있는 깊은 차원을 잃고, 납작해질 것이다.

더욱더 공허해질 것이다.

밥과 밥 사이

세상에서 가장 먼 길

밥에서 밥으로 가는 길

나는 언제나 이 무겁고

비틀거리는 밥을 건너

저 피안彼岸의 밥에 이를까.

언제쯤에야

피비린내 밥 대신

평화의 밥이 될까.

중생대의 공룡을 닮은

기중기의 무게로 등이 휘어진,

여자들의 고독한 밥의 무게를 내려놓고

나비처럼 가볍게

해탈의 밥을 지을 수 있을까.

늙은 고양이 오중이

경주 지인 집에는 늙은 수컷 고양이가 산다.

새끼 때부터 보았는데, 이제는 늙어 할배가 됐다.

집에는 어쩌다 가끔 인사차 들리고

어디서 무엇을 하고 지내는지 알 수가 없다.

언젠가는 암컷 고양이와 함께 새끼를 이끌고 지붕 위에 올라가

세상을 내려다보며 호랑이처럼 느긋하게 뒹굴더니

언젠가는 동네 수컷들과 싸우고

훈장인 양 온몸에 상처를 달고 늠름하게 돌아오더니

이제는 폭삭 늙어

그만 집에서 주는 밥이나 먹고 쉴 만도 한데

오중이는 여전히 상처투성이 몸으로 산다.

자세히 보면 온몸에 진드기가 붙어 피를 빨아 대고,
왼쪽 귀는 뜯겨 나가고 오른쪽 눈은 피멍
뻣뻣하고 듬성한 더러운 털에 누추해진 주둥이
얼굴과 다리에 할퀸 자욱이 여기저기.
늙고 병든 몸으로 여전히 다른 수컷들과
영역 다툼을 하며 다리를 전다.

바라보고 있으니 한숨이 절로 난다.

"오중아, 이젠 좀 집에서 주는 밥 먹고 편하게 지내면 안 되겠니? 몰골이 이게 뭐냐? 에고, 미련도 하지."

푸념처럼 중얼대는 내 말을 들은 오중이 아빠.

"오중이는 오중이의 삶을 살고 있는 거예요."

돌아오는 길 내내 가슴에서 그 말이 북처럼 둥둥 울린다.
'오중이는 오중이의 삶을 살고 있다.'
상처투성이 몸으로 풀숲을 헤치고 영역을 지키며 절뚝

절뚝 사는 삶

그게 살아 있는 오중이의 삶이다.

"할매요, 이제 밭일 그만하셔요. 고만 좀 쉬셔요."

밭에서 몇 번이고 쓰러진 할매를 부추겨 집으로 모셔다 드리며 말했다.

그때마다 돌아온 말은

"이게 내 사는 기다."

그 말의 의미가 비로소

마른 땅에 소나기 오듯 스며든다.

그게 오중이의 삶이듯

그게 할매의 삶이구나.

살아 있는 한 살아 있는 거구나.

살아 있다는 건 그런 거구나.

미련한 가슴이 비로소 열리는데,

'네 삶은 뭐니?

살아 있는 한 살아 있을 그 무슨 삶이 네게 있는 거니?'

측은지심惻隱之心

한여름에 택시를 타고 장거리를 갈 일이 있었다. 택시 운전수가 젊어서 불안했다, 총알처럼 달릴까 봐. 그런데 의외로 젊은 운전수는 천천히, 부드럽게 운전을 했다. 불안한 마음이 가셨다.

내가 탄 차를 추월하는 많은 차들이 있었다.

"저리 가도 몇 분 빨리 못 가요."

그가 쌩쌩 지나가는 차들을 보며 하는 말이었다.

팔월의 땡볕이 이글거리는 도롯가에 봉선화들이 자욱하게 먼지를 뒤집어쓰고 서 있었다. 가물어 제대로 자라지 못해 작은 키로 겨우 꽃을 달고서.

"에고~ 애달파라, 애달파……."

젊은 운전사는 혀를 끌끌 차며 탄식했다.

'애달프다'는 그 목소리는 애간장에서 끓듯 올라와 내 애간장을 건드렸다.

비로소 그의 운전을 이해할 수 있었다.

제대로 피어나지 못하는 생명을 애달파하는 마음을 지닌 사람이 하는 일이었다.

기를 쓰고 놀다

연휴 때 조카들이 왔다. 차는 밀렸고, 식당은 붐볐다. 계림이나 월성엔 사람들이 넘쳐났다. 주말이나 연휴의 경주 풍경이다.

조카들은 갈 곳을 이미 정해서 왔다. 경주의 밤 안압지가 관광 코스의 제일 인기 장소라고 거길 가야 한다고 했다. 매표소에 긴 줄이 늘어서 있었다. 그 줄에 끼여 서서 표를 끊고 들어갔다. 안압지 안은 사람들로 꽉 차 있다. '안압지의 야경'은커녕 안압지의 모습조차 보이지 않았다. 보이는 건 그저 무리 지어 다니는 사람들, 소음들, 여기저기에 스마트폰으로 사진 찍기에 열중인 젊은이들뿐이다. 조카들 또한 그 대열에 끼여 사진 찍기에 여념이 없다.

"사람들에게 안압지에 왔었다는 걸 증명해야 돼요."

조카는 휴일에 여행을 떠나고 무언가 다른 즐거움을 찾지 않으면 억울하고 손해 보는 느낌이라고 말했다. 악을 쓰며 놀아야 다시 일터에 가서 일할 수 있을 것 같다고. 일이 지겹고 의미 없으니 노는 일에 목숨을 건다고. 남들만큼 놀아야 한다고 했다.

"일주일에 오 일을 우울증과 괴로움으로 지내요."

불금을 맞이하여 반짝 힘이 솟아 산으로 들로, 백화점으로, 호텔로 그렇게 화끈하게 놀아 줘야 또 다음 한 주를 견딘다는 후배의 말이다. 기를 쓰고 자가용을 몰고 케이블카를 타고 놀러 다녀야 한다고.

일이 힘든 조카나 후배는 평소와는 다르게 살고 싶어 '기를 쓰고' 놀러 다닌다. 그들의 모습에 과거의 내가 겹친다. 자본주의적 삶의 오래 누적된 피로와 한탄과 비명이 겹친다. 열심히 사는데 삶은 왜 이리 지겹고, 괴롭고, 우울한가? '여기' 아닌 '저기'로 떠나고만 싶은가? 주말을 맞아 악을 쓰고 놀아야 겨우 사는 것 같은가?

그런데 사람들 틈에 끼여 지치고, 밀리는 차에 앉아 조바심을 내며, 다르게 살 수 있을까. 우리가 원하는 건 분주하고 숨 막히게 돌아가는 기계적 시간 대신, 쉬고 사색하고 한가하게 여유를 즐길 수 있는 시간이 아닐까. 평소 일터에서와는 다른 시간을 만들고 싶은 게 아닐까.

다르게 살려면 다른 경험을 해야 한다. 아무것도 제대로 본 것이 없는 안압지에서 증명사진을 남기는 일은 경험이 아니라 자기 전시展示다. '기를 쓰고 자가용을 몰고 허겁지겁 케이블카로 산에 오른 것'은 자연을 만난 게 아니라, 자연을 소비했을 뿐이다. 안압지와 산이 경험이 되어 내 몸에 축적되어야 다른 시간이 만들어진다.

안압지는 연못을 따라 천천히 걸어 봐야 한다. 보일 듯 감추어졌다가 다시 드러나는 석축의 부드러운 곡선과 건축물의 아름다움을 연못 건너편에서 느긋한 시선으로 바라봐야 한다. 산은 몸으로 올라야 한다. 내 발과 무릎과 허벅지가 땅과 접촉해 일어나는 느낌, 신선한 바람과 풀 향기, 땀 냄새를 맡으며 오감이 생생하게 열리는 걸 느껴 봐야 한다. 그리고 여행에서 누린 기쁨이 일상으로 연결되어야 한다. 설악산 대청봉 정상을 올랐더라도 여전히 일상에서 걸을 수 없다면 그걸 경험이라고 부르기는 어렵다. 경험은 삶의 일상으로 축적되는 것이다. 그럴 때 새로운 시간이 창조된다.

그러나 쫓기듯 바쁘게 사는 것에 익숙한 정신은 노는 것도 그래야 잘 논다고 느끼는 게 아닐까. 한가한 시간, 쉼과 향기가 있는 시간을 바쁜 정신은 견디지 못하는 게 아닐까. 노는 것 또한 쫓기는 시간의 연장일 뿐, 지친 몸과 마음으로 다시 일터로 돌아간다. '남들처럼' 잘 놀았다는 자기기만적 만족을 지니고. 그 대가는 삶에 물기가 사라진 메마름, 한가로움의 증발, 사색의 부재, 채워지지 않는 갈증이다.

한가한 시간의 향기를 맡고 사색하며 쉬는 시간으로서 휴일을 맞이하고 싶은 열망은 누구에게나 있다. '남들처럼' 논다는 건 어쩌면 허구일 게다. 그 남들은 사실 내 안의 남일 뿐. 내 욕망의 타자성을 바라보고, 내게 왜 여행과 놀이가 필요한지 사색할 수 있기를. 오랫동안 내가 그러했듯 평소에 전투 같은 삶을 살면 한가함을 지루함으로, 평화를 권태로 해석하며 계속 쫓기듯 살게 된다. 혹시 나는 한가함이나 평화를 누릴 감수성이 메말라 버린 건 아닌지, 자기를 돌아보고 스스로를 알아 가는 안[內]으로의 여행이 필요할지도 모르겠다.

백일홍

해발 오천 킬로미터 히말라야
험준한 고봉을 헤맬 때,

머나먼 타국의 아름다운 스승을 찾아
오체투지처럼 온몸을 던졌을 때,

설산의 모진 바람 맞으며
뜬눈으로 밤을 지새울 때,

어찌 알았으랴

그 과장된 몸짓이
어린 시절 할머니 집 낡은 처마 밑
피어나던 백일홍 한 송이

그저 피어나고 또 피고

그저 지고 또 지던,

그 몸짓에 다다르기 위한 것이라는 걸

내 어찌 알았으랴

백일홍은 피고 또 피고

지고 또 지는 것을.

나 또한 피고 또 피고

지고 또 지는 것을.

어찌 알았으랴,

내 어찌.

백일홍은 피고 또 피고
지고 또 지는 것을.
나 또한 피고 또 피고
지고 또 지는 것을.
어찌 알았으랴,
내 어찌.

지는 꽃에 관하여

피는 꽃에 대한 관심은 누구나 있지.
지는 꽃은 좀 달라.
생명의 소멸에 시선을 주는 건
삶의 깊이를 비추는 거야.

꽃이 질 때 모든 꽃이 같은 모습으로 지는 건 아니야.
많은 꽃이 핀 자리에서 시들고 마르지.
꽃잎이 한 장 한 장 떨어져 나가며 지기도 하지.

마르는 모습이 유난한 건 산수국과 국화야.
산수국은 마치 피어 있는 듯 생생하게 말라 있지.
글쎄, 살아 있는 줄 깜박 속지 뭐야.
국화는 말라서 오래오래 서리와 눈을 다 맞아.

꽃잎이 시들며 떨어지는 꽃 중엔 모란이 있어.

꽃이 크고 탐스러워 질 때도 그래.

바람도 없는데 모란잎이 질 때

툭, 툭,

가슴으로 떨어져.

양귀비도 그래.

뒤뜰에 핀 현란한 꽃이 한 잎씩 떨어져 내릴 때

죽음이 저렇게 고요하고 아름답게 올 수도 있구나 싶지.

통꽃 중엔 모가지 떨어지듯

시들지도 않고

'뚝'

떨어지는 꽃도 있지.

동백꽃은 물론이고

감꽃, 개불알꽃, 능소화, 참깨꽃……

떨어지는 모습이 서늘해.

신묘하기로는 수련이지.

봉오리를 오므리고

물속으로 잠들듯이 눕지.

지는 꽃을 보는 건

삶의 깊이를 비추는 거야.

5장 생명의 몸짓으로 날다

져야 할 것들이 져야, 익어야 할 것들이 익는다.

새를 보는 기쁨

하루에 수백 번 새끼에게 먹이를 물어다 주는 새.

오로지 입만으로 존재하는 새끼.

새끼의 재재거리는 소리와

벌어진 커다란 입은

어미에게 끝없이 먹이를 물고 오게 한다.

먹이를 물어다 주고

똥을 물어다 버리고.

십여 일을 기르면 새끼는 깃털이 다 돋고,

어느 순간 날 준비가 된다.

첫날은 멀리 날아가지 못하고

혼자 먹이도 구하지 못하니

어미 새가 따라다니며 먹이를 물어다 준다.

사나흘 후 새끼는 홀로 난다.

어미와 새끼는 서로를 잊는다.

새의 본능,

새의 몸에 새겨져 있는 자연의 섭리.

이것이 성聖이다.

존재의 깊은 층과 만나는 순간이다.

어떤 날은 양은 냄비갈이 얇은 존재의 층을 지닌 사람을 만나는 것보다,

새 한 마리를 바라보는 게 깊은 기쁨이 되기도 한다.

야생성의 소멸

갑자기 물살이 갈리듯 논이 갈린다. 고라니가 뛴다. 한 마리, 두 마리…… 아, 세 마리. 온몸이 통으로 튀어 오르며 논과 논 사이를 달려가는 그 생생한 몸들, 튕겨져 나갈 듯한 뒷다리의 힘. 그 힘에서 느껴지는 어떤 원시성. 태고부터 전해 오는, 그러나 오래 잊고 있던 한 세계를 잠시 열어 보여 주는 듯한 몸짓이다. 야생동물이 지닌 원시성은 인간인 내가 알고 있는 세계보다 더 크고 깊은 세계를 보게 한다. 가슴속 환희는 인간 또한 그러했던 시절에 대한 희미한 기억일까?

오늘 아침 후투티 한 마리가 뒤뜰에 와 앉더니, 마루까지 올라와 한참을 앉아 있다. 새끼 새였다. 새끼다운 경계 없는 태도로 세상을 두리번거리고 땅을 찍고, 낡은 담장 덮개 사이로 벌레를 헤치고, 한동안 그리 놀다 갔다.

야생의 동물들이 가까이 올 때가 있다. 너구리가 밭에 들어와 사람을 두려워하지도 않고 가까이서 응시하는 날도 있고 겨울엔 약수터 가는 길에서 멧돼지를 만나기도 한다. 거대한 나무나 야생의 동물들을 만났을 때, 가슴이 환해진다. 자연이 내게 보낸 귀한 선물이다. 하루가 꽉 찬다.

소로Thoreau 글의 핵심은 야생에 대한 찬탄/회복과 탐구며 그것을 표현하고 설명하려는 데 있다. 이때 '야생'은 생기, 살아 있는 기운이다. 그가 살았던 19세기는 자본주의의 완성기였으며 그 지배적 문명에 대한 저항으로 낭만주의와 초절주의가 득세하던 시기였다. 월든 숲에서의 삶은 단순한 이념이 아니라 실천, 몸으로 살아 보려는 것이다.

현대의 자본은 야생성을 없애려 한다. 야생은 생명체가 지닌 몸의 직접성을 의미한다. 야생, 즉 문명 바깥에서 사는 것은 '귀찮은' 일이다. 몸을 움직이는 것은 귀찮다. 몸으로 하는 것이 귀찮아지면 다른 것으로 대체해야 한다. 하지만 몸이 편해지면서 사라지는 게 있다. 삶의 생기, 살아 있는 기운이다.

문명의 세련화는 감각의 체계가 점점 왜소화되는 것이다. 마트에서 말끔히 정돈된 무를 사서 음식을 하는 것과, 내가 씨를 뿌리고 벌레를 잡아 준 무를 땅에서 뽑아 음식을 하는 것은 감수성의 차이가 아주 크다. 마트에서 산 무는 공산품처럼 별 느낌을 주지 않는다. 그러나 내가 기른 무는 다양한 느낌을 준다. 어리고 여린 생명이 자라는 모습을 바라보는 기쁨, 어느새 자라 늦가을 햇살에 단단한 푸른 몸을 드러낼 때의 놀라움, 땅에서 뽑혀 나올 때 묵직한 물성이 주는 든든함, 흙 묻은 몸이 말갛게 씻길 때의 시원함……. 무라는 생명이 주는 풍성한 느낌이 내 몸에 쌓인다.

그런 의미에서 현대는 풍요성이 상실된 시대다. 풍요는 감수성의 풍요, 몸의 풍요다. 소비에서의 풍요와 몸의 직접성에서 오는 풍요는 다르다. 벤츠 타고 여행을 하면 '고단함'이라는 몸의 감수성은 사라진다. 에어컨 아래에서는 여름 햇볕의 따가움, 열기, 질척한 땀, 어쩌다 불어오는 바람에 온몸이 박하처럼 싱그러워지는 감수성은 사라진다. 감수성이 마르면 물성物性이 사라진다. 사람이든 사물이든 '물성'이 느껴져야 감동이 온다. 플라스틱보다 나무가 좋은 이유다.

소로의 시대에는 인간이 찬미하고 회복할 야생성, 그 가능성이 그나마 존재했다. 그러나 지금은 야생성이라는 개념 자체가 소멸되었다. 야생의 동물들을 보면서 느끼는 감탄과 그리움은 소멸된 세계에 대한 그리움이다.

완경完經

병원에서 호르몬 검사를 했다.

결과를 전화로 알려 준다고 해서 일주일 후 전화하니 "폐경입니다"라고 말했다.

폐경?

폐경이란 말은 폐닭을 연상시킨다.

삶아도, 삶아도 질기고

씹어도, 씹어도 오히려 더욱 질겨지는, 고무 타이어 같은 폐닭.

너무 많은 알을 낳아서 이제 완전히 돌덩어리처럼 무생물화되어 폐기 처분된,

먹을 수도 없는 닭, 폐닭 말이다.

어쩌면 이 사회는 폐경기 여자들을 은근히 또는 노골적으로 폐닭처럼 대하고 있는지도 모른다. 그러니 그 시기를

지나는 많은 여자들이 우울증과 분노와 피해의식으로 들끓을 수밖에.

그래, 너네는 폐경이라고 해라.

나/우리는 완경이다, 완경!!!

폐경閉經과 완경完經 사이,

얼마나 큰 세계의 차이가 있는가.

두 세계의 간극은 너무나 크다.

완경이라는 말은 한 여자의 삶을

생물학적 암컷의 위치에서

비로소 신성한 존재의 위엄으로 옮아가게 한다.

내 몸이 다시 태어나는 기점인 완경.

이제 '지혜로운 할머니 여신'*이 될 시기에 들어섰다.

난 새로운 삶의 문지방을 넘어서고 있다.

* 진 시노다 볼린 지음, 이경미 옮김, 《우리 속에 있는 지혜의 여신들》, 또하나의 문화, 2003.

어리석은 몽상가이자
잔인한 독재자이며
결핍으로 가득한 피해망상가인
욕망으로 들끓는 마음을 싣고,
그 마음의 횡포를 견디며 여기까지 와 준
이 몸에게 경배와 감사를 올린다.

내가 나에게 올리는,
생명이 생명에게 바치는,
경건한 예배.

내 몸은 성소,
집은 그 성소를 모시는 신전.
오늘 아침 맞이한
냉이꽃 하느님,
알락할미새 하느님,
느티 고목 하느님.
이 모든 하느님이 함께 기쁨을 나누도다.

나는 지혜의 몸으로 진화하며

'몸이라는 경전'*을 완성하게 될 것이다.

* 잭 콘필드 지음, 이균형 옮김, 《깨달음 이후 빨랫감》, 한문화, 2006.

세 여자

비 오는 날 시내 나갔더니 안압지에 연꽃이 피었다. 점심 먹고 단골 찻집에 들러 차 한잔한다. 시인인 주인이 자신의 삶의 고락을 이야기한다. 남편이 주식으로 엄청난 재산을 털어먹은 후로 계속 생계 전선에서 살아온 이야기, 서로 감수성이 전혀 맞지 않아 힘들다는 이야기. 자신은 부엌에 햇살이 들어오는 게 좋은데 남편은 "거다 왜 창을 뚫노?" 한다고. 그런 이야기를 하면서 고운 얼굴로 "이래 봬도 제가 외로운 여자랍니다" 하며 하하 웃는다.

찻집을 나와 고택에 들른다. 비 오는 날 그리워지는 곳이다. 고택 툇마루에 앉아 그윽이 비 오는 풍경을 바라보고 싶어진다. 그 풍경 속에 있으면 저절로 평화롭고 스스로 격조 있어진다. 부지런한 종부宗婦님이 빗속에서 홀로 일하다가 반긴다. 남편은 일찍 세상을 떴고 자식들은 도시로 나가 홀로 집을 지킨다. 늘 일을 하고 있는 그는 "힘들지요?" 하는 말에 웃는다.

"일이 힘들기만 하면 못하지요. 일하는 틈틈이 느끼는 기쁨, 다 하고 났을 때의 뿌듯함, 김매다 바라보는 꽃들, 그런 것들이 기쁘지요. 얼굴에 뽕 넣고(보톡스 맞고) 우울증에 걸려 있는 사람들보다 까맣게 타고 바짝 마른 내 몸이 더 기쁘고 건강한 것 같아요."

"우리 집에 일하러 온, 문화재 보수하는 칠십 먹은 아저씨가 우리 집 늙은 개를 보고 하는 말이 '에구, 너도 안 태어났으면 좋지, 왜 태어나 이 고생이노?' 하대요. 속으로 저분이 나를 보고 하는 말인가 하다가, 저분 스스로 자기 삶을 안 좋아하는구나 싶어서 내가 그랬죠. '일하고 사는 게 힘들긴 해도 그리 나쁘기만 한 건 아니잖아요.' 밥 정성스럽게 해서 호박 썰어 갈치찜 하고 된장 끓여 한 상 차려 드렸어요. 스스로 괜찮은 삶이라고 느꼈으면 해서요."

나나 찻집 시인이나 고택의 종부는 비슷한 또래다. 시인의 시는 도란도란 정답다. 그이 어려움은 삶에 굵은 상흔을 낸 것 같지는 않다. 아니면 내가 모를 세계에서 그는 자신을 곱게 승화시켜 왔을까? 종부의 삶에서는 어떤 진함, 땅에 붙어서 일하는 자의 고단한 기쁨이 느껴진다. '일이 힘들기만 하다면 어찌 하겠는가'라는 그의 말처럼. 그 집을 운용하는 것만으로도 벅찰 텐데 늘 누군가를 먹이고 챙기는 넉넉함이 몸에 배어 있다. 자신의 삶을 좋아하는 자에게서 저절로 나오는 태도다.

새벽 다섯 시에 일어나 고사리 밭을 매는 것으로 시작해 몸에 살이 붙을 수 없는 고된 삶을 살지만 그 몸엔 짙은 향기가 서려 있다. 시인에게 분꽃 향기가 난다면 종부에게선 그 집 뒤뜰에 있는, 백 년 된 간장 냄새가 난다.

"그럼 너는?"

이런 질문은 언제나 두렵다.

가을 쑥갓

십일월도 중순을 넘었다.

날씨가 차졌다.

얼음이 언다.

초가을에 뿌린 상추와 쑥갓이

얼어서도 무너지지 않고 살아 있다.

작고 여린 식물의 강인함에 놀란다.

배 속 단단한 곳에 기쁨이 차오른다.

'오, 오 생명의 강인함이여!'

가을 채소나 풀들은 여름과는 다른 모습으로 자란다.

햇빛을 가능한 한 많이 받으려고 잎을 크고 넓게 만든다.

여름 쑥갓은 위로 삐죽삐죽 크는데,

가을 쑥갓은 옆으로 자란다,

잎을 넓히고 넓히며.

살려고 하는 근원적 의지,

생명의 명랑성이다.

가을 쑥갓을 보며 인간인 나는 각성한다.

기회만 있으면 오그라드는 나,

피해의식과 자기방어로 졸아든다.

생명의 명랑성은 어디다 두고!

져야 할 것이 져야 익어야 할 것이 익는다

이른 아침에 문득 햇살이 "아, 좋다!"라고 느껴지면 가을이 온 거다. 여름 내내 강렬하게 들이치던 동향의 햇살에 부드러움과 투명함이 깃들며, 한 발짝 물러선 햇살.

"아, 좋다"라는 그 느낌 속에는 어떤 서늘함이 있다. 시간의 흐름, 우주의 궤도가 흘러가는 것을 설핏 몸으로 느끼는 서늘함이다.

사위어 가는 풀들의 소리는 여름의 강인한 풀 사이로 부는 바람 소리보다 엷다. 들판에 서 있는 벼들의 빛깔도 달라졌다. 얼마 전만 해도 거의 검은빛이 도는 진초록의 세찼던 잎들이 가을로 접어들면서 점점 엷고 부드러워져 노랑이 깃든 연둣빛이 되었다.

여러 해 동안 가을의 자연을 관찰하다 보니 어떤 법칙 같은 것을 발견하게 된다. 가을의 나무나 풀들은 여름의 진초록에서 화려한 '단풍 빛'으로 그냥 넘어가지 않는다. 그 짙푸른 잎들은 어느 순간, 마치 봄의 잎처럼 연둣빛으로 연해진다. 그 연두에 노란 기운이 깃들고 있다는 게 봄 잎과의 차이라고 할까. 단풍이 들기 전, 잎들은 강하고 짙은 녹색의 빛을 약하고 부드러운 빛으로 바꾼다.

잎들의 초록 빛깔이 엷어지는 이유는 엽록소의 파괴에 있다. 엽록소는 햇빛과 물을 빨아들여 식물을 성장시킨다. 그런데 날씨가 추워지면 물과 햇빛을 이전처럼 받을 수 없다. 엽록소의 파괴가 일어나지 않으면 생명은 유지되지 않는다. 그래서 가을의 나무들은 무성한 잎들을 덜어내기 위한 정교한 생명의 작동에 의해 엽록소를 파괴한다.

단풍이 들기 전 진초록이 엷은 연두로 변하는 짧은 시기는 생명의 질서가 바뀌는 시기다. 봄과 여름은 생성과 성장이 생명의 원리였다면 가을과 겨울은 '파괴'하고 '떨어뜨리고' '정리'하는 것이 생명의 원리다. 이 원리를 어기면 그 생명은 자기를 보존할 수 없어진다.

'져야 할 것들이 져야, 익어야 할 것들이 익는다.'

이 당연한 법칙을 계절은 해마다 증거하고 있다. 성장과 파괴, 재생의 질서는 각각 다르다. 퍼런 잎들이 끝까지 성장해야 한다고 우기면 그토록 풍요롭고 찬란한 단풍은 없다. 열매 맺기도 글렀다. 열매가 익지 않으면 씨앗을 만들 수 없다. 재생 불능이다. 그 종은 멸종한다.

인간 또한 자연의 원리에서 벗어날 길이 없다. 나이가 들면서 젊은 날의 삶의 원리와는 다른 삶의 법칙을 따라가야 한다. 그것은 어떤 의미에서 '파괴'고 '추락'이다. 이것이 전제되지 않으면 가을날의 축복 같은 아름다움은 없다. 충만하고 고운 빛깔의 단풍은 그의 삶에 들어서지 못한다. 갑자기 추워져서 미처 단풍이 들지 못하고 말라 버린 시퍼런 잎을 단 나무는 처참하다. 사람 또한 그렇다.

노년으로 가는 길목, 새로운 삶의 원리로 전환하는 것, 그것이 삶을 풍성하게 하고 아름답게 한다. 그것은 이전의 삶과 어떤 의미에서든 단절이고 포기며 체념이기도 하다. 역설적으로 그것은 새로운 삶을 생성하는 길이다.

내 안의 부드럽고 약한 것들이 드러나기 위해서는 손이 베일 듯 강하고 거칠게 자라나던 젊음의 원리가 꺾여야 한다. 그 부드러움이 내가 모르던 삶의 비의秘義를 비로소 알게 한다. 내가 '나라고 생각했던 나'보다 '더 큰 나'가 있다는 것을 바라볼 겸허와 여유가 생겨난다. 사물의 결을 있는 그대로 바라볼 수 있는 섬세한 심미안이 생긴다. '내가 주장하는 삶'을 사느라 보지 못했던, 삶이 무상無償으로 주는 아름다움과 충만함을 느낄 수 있다. 이런 것 없이 맞이하는 노년은 고집스럽고 황폐한 시간이 될 것이다. 모든 것이 축소되고, 잃어버리는 시간이 된다.

가을의 나무와 벌판 가득 익어 가는 벼들의 모습을 보면서, 인간 삶의 또 다른 차원을 느끼고 상상한다.

내 안의 부드럽고 약한 것들이 드러나기 위해서는
손이 베일 듯 강하고 거칠게 자라나던 젊음의 원리가 꺾여야 한다.
그 부드러움이 내가 모르던 삶의 비의秘義를 비로소 알게 한다.

몸들

1.

목욕탕에서 온몸이 섬인 사람을 본다. 그 공간에서 유일하게 다른 피부를 가진 젊은 여인.

동남아시아 사람인 그녀가 앉아 있는 자세는 그 자체로 고독인 섬이었다. 그의 피부색이 다른 모든 이들과 달라서가 아니라, 그녀가 만들고 있는 몸 자체가 그랬다. 그 몸은 다른 몸들과 구별되는 자신의 몸을 지키기 위해 온 힘을 다하고 있는 듯했다. 목욕탕 난간에 앉아서 출입구 쪽을 뚫어져라 바라보고 있는 젊은 몸이 그토록 고독한 섬이어서 가슴이 서늘했다. 상체를 약간 틀어 대각선인 그 몸은 주눅 든 것 같기도 했지만 그보다는 의연하게 고독했다. 몸이 그토록 자신을 명백하게 드러내는구나 싶었다.

2.

아침에 부엌 바닥에 동그란 것이 있다. 가까이 보니 연듯빛 배추벌레다. 중간 정도 자란 여린 연두색 벌레가 몸을 동그랗게 말고 있다. 이 겨울에 얼어 죽지도 않고 어디에 있었을까? 아, 저장한 배춧속에 있었구나. 배춧속이 따뜻했구나. 나비가 되어 날아갔어야 할 녀석이 애벌레인 채로 남아 있는 게 측은하기도 했으나 뭐랄까, 신선한 기쁨이나 놀라움이 훨씬 컸다. 가을 같았으면 손가락으로 잡아 멀리 던져 버렸을 텐데, 이 겨울에 만나니 반갑기만 하다. 이토록 삭막한 계절에 연두색 몸이라니.

3.

간밤 추위에 얼어 축 처져 죽은 것 같던 꽃무릇의 잎들이 햇살이 비추니 하나씩 일어선다.

일어서는 모습이 톡, 톡, 톡…… 그대로 보인다. 생명을 지닌 것의 모습이다. 죽은 것은 얼었다 녹으면 뭉개져 버리는데 살아 있으니 제 모습 그대로 의젓하게 일어선다.

4.

아침에 고양이 한 마리가 별채 앞 오죽烏竹 심어 놓은 화단으로 오기에 똥 누러 오나 했다. 고양이는 댓잎에 붙어 있는 이슬을 핥는다. 겨울, 물은 얼고 목이 마른 고양이는 댓잎 끌 이슬로 목을 축인다. 어린 고양이가 갸웃거리며, 발로 허공을 디뎌 가며 아침 햇살에 비친 반짝이는 이슬을 먹는다. 절실한 몸이다.

5.

이른 봄 버드나무의 새잎들, 갓 깨어난 나비의 날개처럼 미처 주름이 다 펴지지 않아 작은 잎을 오므리고 있다.

웃음

근원적 명랑성!

모든 존재가 억압 없을 때 나오는 모습

우리 안의 자연,

선성善性이다.

남인도의 어느 작은 마을을 걸어갈 때였다. 사람들이 모두 나를 보고 있었다. 길거리에 있거나 집 안에서 내다보거나, 그들 특유의 짙고 검은 눈으로 뚫어지게 쳐다보고 있었다. 어찌할 바를 모르던 나는 본능적으로 웃었다. 그러자 모두가 나를 향해 웃었다. 나는 그저 미소를 띠었는데 그들은 온 얼굴을 다 움직여 웃었다. 소리 없는 파안대소破顔大笑. 어린아이도, 파파 할머니도 모두 웃었다. 작은 마을 전체가 웃었다. 그 웃음으로 나 또한 마음 놓고 웃었다.

중국 당나라 때 선승인 향엄 스님의 이야기. 보름달이 온 세상을 휘영청 밝힌 밤, 스님은 산 위에서 달을 보고 웃음을 터뜨렸다. 고요한 밤, 그 웃음소리가 산 아래 마을에 퍼졌다. 그러자 한밤중 온 마을 사람들이 함께 웃었다.

보름달 뜬 하늘을 보며 터져 나온 향엄 스님의 웃음은 어린아이 같은 명랑성이다. 수십 리 떨어진 마을 사람들이 함께 웃었다는 것은 그 명랑한 생명의 소리에 대한 직관적 감응일 터, 내 웃음에 대한 인도의 작은 마을 사람들의 웃음 또한 직관적 감응이다. 직관이란 언어 이전의 '모호하고 육중한 느낌'이다. 통짜배기 몸의 느낌이다. 이런 웃음은 우리 안에 있는 자연이다. 웃음의 전파는 자연인 우리가 공명하는 소리다.

봄이 오면 생명들이 일제히 터져 나온다. 나무 밑에서 보면 생명들 와글와글하며 올라온다. 구근球根들 올라오는 강렬한 힘은 그 어떤 것으로도 막지 못한다. 바위를 뚫고도 올라온다. 이른 새벽 꽃이 피어나는 힘, 새싹들이 뾰루지처럼 솟아나는 힘, 아기 주먹 같은 머위꽃이 땅을 밀어

내는 힘, 새끼 새들이 먹이를 향해 온몸으로 부리가 되는 힘…… 터져 나오는 생명의 압축적인 힘, 웃음이다.

늙음의 고요

목욕탕에서 내년이면 백한 살이라는 할머니를 본다.
작고 어린아이 같은 하이얀 몸,
소년처럼 짧게 깎은 머리,
그저 수동적 자세로 앉아 있는
고요한 한 존재를 본다.

옆에 있는 딸인 듯한,
여든쯤은 되어 보이는 할머니에게 묻는다.
"연세가 어떻게 되시는데 이리 고우셔요?"

할머니는 작은 목소리로
더 늙은 할머니 등 뒤로 살그머니 말한다.
"내년이면 백한 살."

나도 살그머니 등 뒤로 말한다.

"그런데 말도 다 알아들으시고 정정하시네요."

"그럼, 귀도 밝고, 눈도 밝아."

딸 할머니와 엄니 할머니가 주고받는다.

"엄니, 회 먹으러 갈까?"

.

"……회……에~?"

.

"으응…… 좋아하잖아."

.

.

.

"…… ……"

.

.

"회 먹고 싶지 않나?"

.

.

"……뭐……언……회……에……"

묻는 이도 답하는 이도
선문답같이
가야금 정악같이
딩…… 하고 울리면 한참 만에 둥…… 하고 받는
느리고 느린 소리.

굳이 묻지도 대답하지도 않는 듯
천천히 염불 읊는 듯

고요한 문답

아흔아홉 할머니의 부활

지인 집에 가니, 올해 아흔아홉인 어머니가 거실에 앉아 커다란 함지에 가득한 나물을 다듬고 계신다. 그 많은 나물을 다듬으며, 노래처럼 주문을 외우다가, 기도를 올리다가 한다. 귀가 어두워 남의 말을 잘 알아듣지 못하니 혼자 놀며 일을 하신다.

"참말로 신기해여!"

겨울이면 꼭 돌아가실 것같이 기운이 쇠잔해 가족들이 장례 준비를 하는데, 봄이 와 밭에 나가 '뒹굴면' 다시 생기가 돌아와 살아난단다.

"밭을 네 발로 기어 당겨여. 흙인지 사람인지 알 수 없게로. 그렇게 기어 다니다가 어느 날 살아난다니께로! 매년 그래여, 참말로 신기해여."

예순이 되어 가는 딸은 온몸으로 신기해한다.

아흔아홉 할머니의
매년 봄의 부활!

땅에서 새싹이 돋듯,
그의 생명도 봄이 되면 돋아난다.

사람도 자연이라는 걸,
봄 햇살과 땅기운을 머금고 다시 소생한다는 걸
저리 '신기하게' 보여 주시는 할머니.

두려운 질문

소나무를 꺾으면
그 꺾인 자리에서
짙은 솔 향이 난다.

페퍼민트를 밟으면
밟힌 자리 가득
화한 페퍼민트의 향기!

모든 생명의 상처에는
고유의 향기가 있다.

내 꺾인 자리
그 상처에서는
어떤 향기가 날까?